Brazer

di

Andrea Costantin

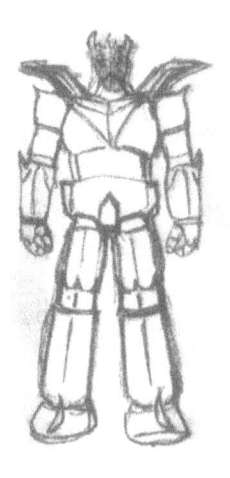

Youcanprint *Self-Publishing*

Titolo | Brazer
Autore | Andrea Costantin

ISBN | 978-88-93212-59-5

© Tutti i diritti riservati all'Autore
Nessuna parte di questo libro può
essere riprodotta senza il
Preventivo assenso dell'Autore.

Tutte le immagini sono di © Andrea Costantin

Youcanprint Self-Publishing
Via Roma, 73 – 73039 Tricase (LE) – Italy
www.youcanprint.it
info@youcanprint.it
Facebook: facebook.com/youcanprint.it
Twitter: twitter.com/youcanprintit

Questo libro è dedicato all'inimitabile bouledogue francese Chirac, al piccolo carlino Silvio e al cane bianco Flash, ai gatti Uncino e Gordy e a tutti gli amanti di questi fantastici amici dell'uomo

INDICE

Brazer 7

La Sfida 21

Vecchi Amici (Vita E Morte A Malone City) 53

L'Imperatore 75

Pozier, Il Robot Del Riscatto 87

Vile Attacco 95

Val Svanisce Nel Nulla 147

POESIE

Lontano 163

Un Fiore 165

La Valle 166

In Fondo Ai Tuoi Occhi 167

Sotto La Luce Della Luna 168

Fino A Che Il Sogno Restera' 169

Silenziosa 170

L'ultimo Addio 171

Il Ricordo 172

Dalle Porte Del Tuo Cuore.................................. 173
Quello Che Hai Di Me 174
La Stanza Vicino Al Porto 175
Un Regno Non Lontano 176
Haiku.. 177

ANNO 20XX.
L'ultima Guerra Nucleare è terminata.
Le pianure fertili della Terra sono diventati immensi deserti.
Eppure, piccole aree coltivate assicurano ancora la sopravvivenza delle popolazioni delle nuove città…

BRAZER

<< Maledizione, qui non crescerà un filo d'erba nemmeno zappando per cent'anni..>>

<< Ehi, Vitor, non perderti d'animo. Tu sei capace di fare miracoli!>>

<< E tu, Val? Non hai ancora finito con quel mangime? Ci sono le vacche da portare al pascolo.>>

<< Faccio presto, ma non prendertela troppo, potrebbe farti male.>>

<< Su, su, poche chiacchiere e datti da fare. Abbiamo delle scadenze e.. ooops!>> Vitor inciampa in una delle buche appena scavate nel terreno:fortunatamente, la zappa che aveva in mano cade distante dal suo collo, già in gran parte immerso , insieme alla testa, nella terra. Il piccolo uomo si solleva, poi scrolla il capo e si pulisce gli occhi con un fazzoletto di stoffa. Val si è allontanato ma le sue risa si sentono sempre più forti, specialmente dopo che Vitor gli grida dietro:<< Sì, sì, ridi pure, ma dovrai tornare, presto o

tardi, e allora ti darò una bella lezione.. Del resto sono io che ti ha insegnato tutto qui.. e tu hai ancora molto da imparare! Te lo dico io!>>

E' primo pomeriggio. Il lavoro della giornata alla fattoria è terminato. Val si stende sui prati della campagna, lontano dai terreni coltivati, lontano da tutto e da tutti. Chiude gli occhi, poi alza lo sguardo per ammirare il cielo terso e illuminato da un sole parzialmente nascosto da due piccole nuvole. Vicino a sé ha una valigetta marrone. La apre: un oggetto grande, un ottone luccicante viene montato rapidamente dal ragazzo, sotto un piccolo albero. Il sassofono contralto è pronto per essere suonato;Val attacca la sua melodia, veloce, melanconica e ottimista allo stesso tempo. Di tanto in tanto "spezza" quel suono improvvisando con degli intermezzi vocali. Poi riprende a suonare con maggiore energia. Qualcuno però si sta avvicinando e lui se ne accorge. Si volta verso le fattorie. E' Vera, la sua giovane vicina di casa, che gli sorride amabilmente. Sal la guarda stupito, quindi le chiede:<< Che ci fai qui?>>

<< Avevo sentito il suono del sax. Non pensavo fosse così forte..>>

<< Infatti non lo è. Non credo che tu mi abbia sentito dalla tua fattoria..>>

<< E' vero, hai ragione tu. Però prima ti ho visto uscire dal recinto di legno e muoverti nella campagna con una strana valigetta e mi sono insospettita.. Ehi, ero solo un po' curiosa di..>>

<< Bene, ora che hai appagato la tua curiosità puoi anche.. rimanere qui a farmi compagnia.>>

<< Ma certo. Cosa mi vuoi suonare?>>

<< Ti chiedo di scusarmi, Vera, ma credo che mi fermerò. Il lavoro di stamattina è stato davvero pesante:voglio solo stendermi un po' e farmi accarezzare dal vento.>>

Sal smonta con calma il sax, prima di riporlo nella sua custodia, poi si stende sul prato. Mette le braccia dietro la testa, mentre lo sguardo è rivolto alle nuvole in movimento. Vera sorride, scruta per una attimo l'amico, poi si stende vicino a lui. Gli dice:<< Hai visto che bel cielo azzurro?>>

<<Già..>>

<< Mi sembra molto romantico.. A cosa stai pensando? Magari a quello che sto pensando anch'io..>>

<< Pensavo al carico di domani mattina per la città.. Dovrò tirar su una grossa quantità di fusti contenenti latte e..>>

Vera si stizzisce. Guarda Sal con disgusto:<< Io credevo che stessi pensando a qualcosa di bello su noi due, e invece.. invece sei sempre il solito insensibile..>> Vera si alza di scatto e si incammina verso la fattoria. Sal non le bada, la guarda andare via ma poi torna subito ad osservare le nuvole.

La piccola Mia guarda contenta ed un po' stupita il puledrino nato all'alba nella stalla de "Il Giglio". La vista di quel cucciolo le riempie il cuore di tenerezza. Al contrario Vitor, che è lì con Dan, sembra essere preso esclusivamente dal suo lavoro.

<< Allora, io devo tornare al fienile. Accompagni tu Mia a casa , più tardi?Mi raccomando, non tirarla per le lunghe, piccolo..>>

<< Certo papà, vai tranquillo, non ti preoccupare.>>

<< Sì, ma non posso lasciarvi da soli nella stalla. Siete troppo piccoli e tu, Dan, potresti combinare qualche strano scherzo. Forza uscite con me. All'aria aperta, potrete fare quello che vi pare..>>

<<Uff.. va bene papà..>> Mia sorride, il suo sguardo è dolcissimo. Lei è una bambina silenziosa e tranquilla, e non vorrebbe mai creare dei problemi a dei vicini così premurosi e gentili. Dan la prende per mano, poi i tre escono dalla stalla, raggiungendo , attraverso un sentiero, i prati de "Il Giglio". Vitor si allontana verso il fienile. Dan osserva il padre andare via. Poi, sempre tenendo per mano la sua piccola amica, le sussurra in un orecchio:<< Ti piacerebbe vedere un puledrino un po' più grande?>> La bambina è entusiasta:<< Certo che sì!>> Dan la porta di nuovo nella stalla. Arrivano al box di un puledro legato ad uno steccato. Il ragazzo si avvicina all'animale, poi , si volta verso Mia. Sicuro di sé, le dice:<< Guarda, non è un amore? Accarezzalo. Non avere timore, è buonissimo.>> Mia rimane al suo posto.E' imbarazzata. Sa che se Vitor li scoprisse nella stalla, passerebbero certamente dei guai. << Credevo mi portassi a

vedere dei cavallini chiusi nel recinto esterno!>> gli dice preoccupata. Dan allora scioglie il puledro dal suo legaccio e lo tira a sé per farlo vedere meglio alla sua amica. Le dice:<< No, questo nella stalla è il più bello di tutti. Lo devi assolutamente vedere..>> L'animale però, comincia a fare resistenza.

<< Ma che ti prende?>> Dan cerca di mantenersi calmo, ma la situazione precipita rapidamente: il puledro è ormai imbizzarrito e scaraventa a terra il ragazzino. Mia osserva la scena impietrita. Il puledro corre via, esce dalla stalla attraversando i prati a grande velocità. Anche Val si trova sui prati verdi del "Giglio". Sta sistemando delle taniche su un furgoncino da trasporto alimentare. Il ragazzo interviene immediatamente. Corre verso uno dei cavalli legati alla staccionata, lo libera e lo monta. Il puledro è già uscito dalla fattoria ed ha raggiunto le campagne circostanti, ma Val è sulle sue tracce. Rallenta l'andatura del suo cavallo e prende a guardarsi intorno, chiamando a voce alta:<< Puledrino! Dove sei? Dove sei? Torna a casa da noi!>> Sal continua a girare e a cercare. Biiip- è il segnale sonoro proveniente dal suo orologio . Sal si ferma. Dice tra sé e sé:<< E' il professor Cantor che mi chiama. Devo raggiungere il Laboratorio.>> Il ragazzo alza la testa, si guarda intorno ancora una volta, chiamando più forte:<< Puledrino, puledrino! Dove diavolo sei finito?>> poi si addentra nella zona più fitta del bosco. In una piccola radura, appoggiato ad un tronco d'albero, spaventato e tremante, il puledrino guarda in direzione di Val e del suo

grande cavallo. Il ragazzo sorride e si avvicina con cautela al giovane animale:<< Non devi preoccuparti, va tutto bene. Adesso ti riporto alla fattoria.>> Non c'è bisogno che il puledro venga legato. L'animale segue docilmente il grande cavallo ed il ragazzo,tenendo il passo. << Bravissimo, ti meriti un bel secchio d'avena!>> Val sa che farà tardi all'appuntamento ma non gli importa. Dopo tutto, pensa, quelli del Laboratorio sanno che la vita al "Giglio" è molto movimentata.

<< Maledetto buono a nulla! Perché non ascolti mai i consigli di tuo padre? Lo sapevo che avresti combinato una delle tue! Ora chissà che fine avrà fatto quel povero animale..>> Vitor è furioso con Dan. Il ragazzo cerca di calmarlo, anche perché la piccola e sensibile Mia è ancora lì con loro e lui non vuole turbarla:<< Ma papà, non devi preoccuparti.. Sal è andato a cercarlo e vedrai che..>>- << Stai zitto!>> Vitor è sempre più furioso, ma non riesce a incutere alcun timore nel figlio. Vitor è poco più alto del figlio undicenne ed è buffo nei movimenti e persino nei lineamenti del viso. Guardarli discutere è come assistere ad un simpatico siparietto allestito da due ragazzini. Anche Mia riderebbe, se non fosse in pena per la sorte di quel puledrino, per il cui destino si sente in parte responsabile.

<< Stai zitto!>>- Vitor non ammette repliche da parte del figlio. Guarda verso il cielo, con occhi disperati e dice:<< ..Un branco di buoni a nulla.. Ma è anche colpa mia.. Questa fattoria è destinata a

scomparire! Torneremo a vagare per le valli, me lo sento.. sì, me lo sento..>> Dan e Mia lo fissano sconsolati, poi sentono un nitrito di cavallo e si voltano verso l'ingresso del recinto: é Sal che fa ritorno alla fattoria, con il suo cavallo ed il puledrino fuggito, sano e salvo. Dan e Mia sorridono e si rilassano. Vitor non si è accorto di nulla e continua a guardare il cielo con aria triste borbottando tra sé e sé sul suo destino e su quello della fattoria. Solo quando Val gli si avvicina per consegnargli il puledrino, torna in sé e cerca di parlargli:<< Eh, ehi, Sal ma dove vai? Devi spiegarmi che cosa è successo.. Tu sei l'unico adulto, l'unico in grado di dirmi come sono andati davvero i fatti, qui!>> Ma il ragazzo non gli concede nemmeno uno sguardo, non ha tempo e dice solo:<< Scusa Vitor, ma devo andare via. Ho una cosa urgente da fare..>> Val corre via a cavallo fino all'ingresso del recinto. Lega "Francis" (così ha chiamato il suo cavallo) alla staccionata, poi raggiunge il casolare degli attrezzi. Lì c'è la sua moto. Accende e si allontana a grande velocità. Mia e Dan osservano la scena in silenzio, con gli occhi pieni di meraviglia.

<< Che strano quel ragazzo>>- dice Vitor a voce alta-<< A volte fa cose inspiegabili, prende e se ne va, così all'improvviso.. Con tutto il lavoro che c'è da fare qui... Ma per questa volta gliela lascio passare..>>

Val attraversa il bosco a gran velocità. Le colline davanti a lui fermano il passo. Lui volta la motocicletta verso sud- est, un breve tratto di corsa, quindi arresta la moto davanti ad un muro di roccia. Fermo davanti al muro, estrae una chiave di pietra dalla giacca di pelle e la inserisce in un buco del muro. Il muro di roccia si apre. All'interno, un lungo tunnel scavato nella roccia, permette l'accesso alla vallata. Val salta di nuovo sulla sua motocicletta e attraversa il tunnel segreto. Fuori, il sole batte forte e illumina la strada sterrata che lo condurrà al Laboratorio di Ricerca e Sperimentazione. Il Laboratorio – una grande base scientifica posta al centro della vallata- apre i suoi cancelli. Val entra nelle mura di protezione. Subito dopo, i cancelli si chiudono dietro di lui.

Il ragazzo raggiunge il terzo piano dell'edificio: lì, nella sala operativa si svolgono attività di controllo e di difesa della Terra. Il Professor Cantor, responsabile dell'istituto, ha posto in stato di pre-allarme tutta la base. Gli assistenti del suo reparto, sono tesi e concentrati sugli schermi-radar. Val, tranquillo ma deciso, raggiunge il Professor Cantor alla sua postazione:<< Allora che succede, Professore?>>

<< I magnetometri rilevano una strana attività geomagnetica. E' qualcosa di incomprensibile, perché sembra che questa volta il sole non c'entri..>>

<< Crede che si tratti delle armate di Landar?>>

<<Penso di sì. Solo loro sono in grado di provocare questi fenomeni..>>

<< Professore, guardi il monitor..>> il primo assistente richiama l'attenzione di Cantor. Anche Val si avvicina per capire meglio. Il Professore da una rapida occhiata allo schermo, quindi aggiunge:<< Eccoli, le loro astronavi sono già entrate nella termosfera..>>

<< Questo significa che tra poco saranno qui.>>

<< Esatto, Val.>>

<< Ho capito, Professore. Vado immediatamente.>>

Un breve corridoio, una rampa di scale discendente e la porta automatica del piano inferiore che si apre in un secondo: Val salta sulla navetta "Argento". Accende i motori e sfreccia sul binario elettronico nella galleria. La navetta rallenta, fino ad arrestarsi. Il passaggio al Jet Calt è altrettanto rapido: Val vola con il jet nell'enorme hangar costruito nei sotterranei del laboratorio . Lì, c'è il Brazer, il robot da combattimento costruito dal professor Cantor. Il Jet Calt vola fino alla testa del robot, quindi le sue ali si ripiegano, così come il muso, permettendogli di entrare nella sua cavità superiore. Gli occhi del

Brazer si illuminano: il robot è in funzione e Val lo controlla nella sua totalità, attraverso la plancia di comando del Jet Calt. Accende i razzi propulsori- quattro piccole cavità ubicate nei piedi del robot- e spicca il volo. Le enormi porte di cemento armato si aprono permettendo all'automa di volare- attraverso una galleria scavata nella roccia- fuori dal Laboratorio di Ricerca. Il Brazer spiega le sue ali, poste sulla sua schiena, e vola oltre la corona di colline che proteggono il laboratorio, per raggiungere il posto indicato dai radar del suo abitacolo: ormai Landar e le sue astronavi hanno raggiunto la stratosfera e minacciano un attacco su White City, la città più importante controllata dal Governo Centrale e dall'Esercito Terrestre.

Sal preme un bottone verde sul quadro comandi.<< Motori a tutta forza!>> sono le sue parole: la potente propulsione dei due motori posti alla base delle ali, permette al robot di raggiungere una velocità massima di mach 3. Il Brazer si trova presto faccia a faccia con le mini-astronavi di Landar, capo supremo delle forze armate del pianeta Grenzer (conosciuto anche come il pianeta della Terra Purpurea). Le astronavi lanciano i loro missili contro il robot, ma senza successo. Il Brazer li schiva con facilità, poi passa al contrattacco: i suoi pugni nascondono delle armi potentissime, i raggi alfa disintegranti.. Dal loro dorso si sollevano delle fessure da cui fuoriescono dei fasci di energia, destinati ad abbattere gran parte della flotta aerea nemica. Il robot si ferma in volo: ormai le navi sono state decimate, e l'unico vero pericolo rimasto è lì davanti a lui; un robot-guerriero , inviato da Landar, è pronto per lottare.

<< Val, finalmente faccia a faccia!>> - E' la voce di Landar che si fa sentire dalla nave-base, anch'essa sospesa nel cielo, poco lontano dalla zona di battaglia-<< Finalmente una buona occasione per farti a pezzi!>> Il Brazer guarda verso l'astronave base. Sal ,accende la radio e urla:<< Imparerai a conoscermi, maledetto.. Distruggerò te e la tua stirpe di invasori!>>

<< Piccolo, arrogante, insolente marmocchio! Vuoi ancora batterti per un popolo che ti rifiuta? Sei solo uno stupido..>>

<<Landar, combatto solo per eliminare il marciume che insozza il nostro pianeta.. Che venga dallo Spazio o dalla Terra stessa, non mi interessa.. Sono stato chiaro? Ed ora ,che ne dici di togliere i lacci alla tua bestia?>>

L'astronave-base si avvicina al robot-guerriero. Landar si rivolge al suo "soldato":<<Hai sentito Raktor? Fagli conoscere la potenza dei guerrieri del Pianeta Purpureo!>>

Il combattimento ha inizio: Raktor scarica i suoi missili-artigli contro l'avversario, il Brazer risponde sprigionando dai suoi occhi un fascio di luce, energia termica a 3500 gradi. I missili e le stesse zampe anteriori del robot-guerriero si dissolvono in pochi attimi. Landar è adirato:<< Raktor! Avanti con il corpo a corpo!>> Il mostro si aggancia al Brazer, dapprima placcandolo e poi immobilizzandolo con le zampe posteriori. Quindi spalanca le sue fauci, e la sua lingua di acciaio flessibile si arrotola al collo dell'avversario. La stretta è immediata, è una potente scarica elettrica, sprigionata dalla lingua, mette in seria difficoltà il Brazer, che non riesce a liberarsi dalla doppia presa. << Va bene, adesso basta!>> Val abbassa una leva rossa alla destra del monitor di bordo: il robot emette delle onde magnetiche di disturbo, poi una scossa elettrica ancora più potente di quella sprigionata, pochi attimi prima, da Raktor. Finalmente il Brazer è libero e ne approfitta per scaraventarlo lontano:<< Lame distruttrici!>> è il grido di Val.. dalle sacche laterali, poste vicino ai fianchi del robot, fuoriescono due grandi spade d'acciaio, che il Brazer raccoglie al volo e che poi scaglia contro Raktor, colpendolo in pieno petto. Il mostro-robot esplode in aria, e una piccola parte della fontana dei detriti raggiunge , senza intaccarla- la corazza della nave-base di Landar. La sua voce, colma di rabbia, sembra spezzare il cielo:<< Ci rivedremo presto, piccolo bastardo. Se fossi in te, adesso, tornerei immediatamente sulla Terra.. Ah, ah, ah.. non avrai mai tregua!>>l'astronave madre sparisce nei cieli. Val si collega immediatamente con il Laboratorio:<< Professore..>>

<< Sì, Val.. cosa succede ancora lassù?>>

<< Qui ora è tutto a posto, Landar è andato via ma io sono preoccupato.. Prima di ritirarsi, ha lasciato

intendere che la Terra è ancora sotto attacco.. Lei cosa mi dice?>>

<< Quello che ti ha detto Landar, prima di sparire, è vero, ma resta tranquillo. Ci è appena giunta notizia che le truppe del Governo sono riuscite a respingere l'attacco terrestre dei Grenzeriani. Comunque, finché vigilerai e combatterai nei cieli, gli uomini al confine riusciranno, in un modo o nell'altro, a resistere agli attacchi dell'esercito di Landar .. Ma prima o poi , tutto questo dovrà finire.. Ora che ne dici di rientrare?>>

<< Buona idea, Professore.>>

LA SFIDA

<<Allora Val, se non sbaglio, tocca a te portare il carico a White City, dico bene?>>

<< Dici bene, Vitor. Porto fuori il furgone..>>

<< Bene, allora non battere la fiacca! Quando avevo la tua età io.. Ma..non vedo bene da qui.., chi sono quei tre che stanno entrando nella fattoria?>>

<< Sono Ponzo, Luis e Vera.>>

<< Quei tre lavativi sono venuti qui per farti perdere tempo, ma adesso ci penso io a sistemarli!>>

<< No, lasciali stare Vitor. Ci parlo io, è meglio. Se ne andranno più in fretta, vedrai.>>

<< D'accordo. Pensaci tu. Io torno a lavorare.>>

I tre ragazzi raggiungono Val. Luis è il più eccitato, ed infatti è il primo a prendere la parola:<< Ehi, Val, come va il lavoro? Sono qui per ricordarti la nostra gara motociclistica prevista per domenica prossima. Non vorrei che un attacco di fifa te la faccia passare di mente..>>

<< Ah, ah, ah!>> Ponzo, il grasso, grosso e basso "assistente"di Luis, se la ride di gusto.

<< Ferma quelle flaccide guance tremanti, Ponzo. E' una questione tra me e lui. Non sei d'accordo, Val?>>

<< Ma perché non lasci perdere le sfide?>>- risponde Val sogghignando-<< Non hai niente di meglio da fare nel tempo libero?>>

<< Come ti permetti? Adesso ti do una bella lezione in anticipo!>> Luis parte all' attacco, ma Vera lo ferma prendendolo per un braccio:<< Ora basta, Luis. Hai detto quello che dovevi dire. Ora tocca a me parlare con lui. Luis si ferma, abbassa il capo e dice, con mestizia:<< Va bene, ma..>> poi si zittisce. Il suo volto è diventato rosso in un attimo: il ragazzo subisce il fascino di Vera, soprattutto in circostanze come questa, quando viene fuori il lato duro e deciso della sua personalità. << Ora vorrei parlargli da sola, se permettete>>- Vera lascia Ponzo e Luis, pregando loro di allontanarsi dalla fattoria.

<< Come vuoi tu Vera. Mi piacerebbe però che assistessi alla corsa di domenica. Capiresti davvero chi è il migliore tra noi due!>> Vera non bada a quelle parole. Attende in silenzio che i due se ne vadano, fissandoli con occhio severo. Finalmente Luis e Ponzo lasciano la fattoria.

<< Ah, ora possiamo parlare, Val..>>

<< Che c'è Vera? Io devo partire per White City!>>

<< Volevo solo invitarti, domenica, ad un tranquillo pic-nic.. Farò una grande torta di mele e succulenti panini..>>

<< Non hai sentito Luis? Mi ha appena sfidato. E' per domenica..>>

<< Ed è proprio per questo che ti ho invitato. Non voglio che ti lasci convincere dalle follie di quell'esaltato. Può essere pericoloso.>>

<< Lo so ma forse, accettando la sua sfida è possibile che la finisca, o che almeno si calmi per un po' di tempo.>>

<< Io non credo.. E solo una follia.. Penso che andar dietro a quell'esaltato sia solo da stupidi!>>

<< Ora devo proprio andare. Grazie comunque per il tuo invito.>>

White City dista solo un'ora dalla campagna. Val è ormai vicino al confine. Le guardie di frontiera, poste ai lati della strada, gli intimano di fermarsi. Val mostra loro una tessera rossa con su scritto: "ACCESSO ALL' AREA B". Poi dice:<< Vengo dalla fattoria "Il Giglio", area di Banta. Ho un carico di latte da consegnare ai depositi D-3 e D-4.>> Dopo un rapido controllo della tessera d'ingresso, i soldati lo lasciano passare. Pochi minuti più tardi Val raggiunge il magazzino D-3. L'uomo all'ingresso controlla la tessera del ragazzo. Fa un cenno di approvazione con la testa e poi un cenno con la mano per dirgli che può cominciare a scaricare. Un altro uomo in divisa, poco distante, si fa avanti, frapponendosi tra i due uomini.- << Aspetta un attimo>>-dice in tono aspro-<< Gli hai chiesto da quale zona precisa dell'area di Banta proviene?>>

<< N-no, signore!>> il sergente maggiore è sempre più nervoso. Il colonnello Lozius lo guarda con occhio severo. Gli dice , in tono calmo:<< Idiota.. Non lo sai che la sua area è al livello 3 di pericolosità?>> Val interviene:<< Signore, se permette, glielo dico io. Vengo dalla parte sud-est.., quadrante C..>> Lozius lo guarda con la coda dell'occhio. Sempre in tono calmo e sprezzante, gli dice:<< Ah.. quella.. Non capisco perché il Governo continui a farsi rifornire dai coloni di quella parte del Paese.. Comunque tu *(rivolto al sergente maggiore)*! Controlla quel furgone! Meglio non correre rischi!>> L'uomo in divisa addetto alla sorveglianza apre il retro del furgone e lo controlla da cima a fondo. Poi si rivolge al suo superiore:<< Tutto a posto, colonnello.>>

<< Bene, puoi cominciare a scaricare.>> Il colonnello guarda Val negli occhi, con aria di sfida e disprezzo. Il Comando lo ha mandato lì per un controllo a sorpresa, confidando nel suo zelo e nella sua durezza d'animo. Il ragazzo, impassibile, comincia a scaricare. Il colonnello si allontana verso gli uffici, poco lontani dal deposito carico-scarico merci.

Val è stanco. Non ha ricevuto nessun aiuto dal personale del deposito. Il colonnello Lozius non ha permesso a nessuno degli addetti di aiutarlo. La situazione dei coloni- o dei non cittadini, come vengono chiamati- è precaria. Da una parte sono schiacciati dai tributi e dalle continue pressioni del

Governo Centrale, dall'altra preoccupati dalla minaccia dei Grenzeriani, popolo alieno che ha conquistato parte della Terra e che mira ad espandersi, aiutato da truppe dello Spazio provenienti dal loro sovrappopolato pianeta , conosciuto come "Grenzer" o " anche "Pianeta della Terra Purpurea".

<< Bene Luis, Finalmente è arrivato il nostro giorno!>>

<< Il MIO giorno, vorrai dire, caro il mio Val. Anche se non c'è nessuno qui a vederci, tutto il paese saprà presto chi è il migliore tra noi due. E', soprattutto, lo verrà a sapere Vera..>>

La corsa ad ostacoli è stata predisposta da Luis e Ponzo con particolare cura. I due ragazzi hanno impiegato quasi una settimana per realizzarla, e Val, anche se riluttante, non vuole deludere il suo orgoglioso rivale. Ponzo è sulla linea di partenza: nella mano destra tiene un grosso panino, che mordicchia continuamente. Dall'altra impugna la bandierina che darà vita alla gara. I ragazzi sono sulla linea di partenza, danno gas per riscaldare il motore. Sono pronti a partire, ma Ponzo è troppo preso dal suo grosso hamburger.

<< Allora Ponzo, se hai finito di ingrassare, noi vorremmo partire!>>

<< Glom *(ingoia il boccone)*! Burp! Ecco l'ultimo morso! Ora sono pronto! E voi siete pronti? Uno, due , tre, via!>> Ponzo sventola la bandiera

arancione, e i due ragazzi partono velocissimi. Val supera gli ostacoli, scartandoli con facilità; anche Luis è altrettanto bravo, soprattutto perché conosce quella pista molto bene, avendola progettata e costruita interamente con le sue mani. I due contendenti sono alla pari, fermi sulla linea del "salto all'ostacolo": dovranno salire a grande velocità su una collinetta di terra ricoperta di assi ,e poi con un balzo, superare l'ostacolo di legno alla sua base, per poi atterrare dalla parte opposta del percorso. Luis è il primo a partire, ma il suo slancio è troppo debole e finisce per cadere vicino all'ostacolo, senza riportare grossi danni. Val accenna un ghigno, poi dice:<< Tutto a posto Luis? Ora ti faccio vedere io come si fa!>> quindi da gas alla sua motocicletta, pronto ad attraversare la collinetta. Luis si avvicina furtivamente alla pedana, dicendo tra sé e sé:<< Non posso permettergli di battermi! Perderò la faccia davanti a tutti!>> così scardina con le mani alcune delle assi di legno della pedana. Tutto si svolge in pochi attimi: Val perde il controllo della moto e finisce nel baratro posto sotto l'ostacolo. Seppur munito di casco protettivo, il giovane perde conoscenza subito dopo aver battuto la testa contro un paletto di sostegno dell'ostacolo stesso. La moto è caduta, fortunatamente, lontana dal corpo del giovane. Luis è sbigottito, capisce subito di averla fatta grossa. Mette a posto le assi, poi raggiunge di corsa Ponzo sulla pista. Ancora con il fiato grosso, ordina al pingue amico di chiamare subito un'ambulanza.

Il piccolo Dan ha il nasino premuto contro la vetrata che lo separa dalla stanza n 11. E' lì che si trova, privo di conoscenza, il giovane Val. Dan ha gli occhi tristi e stupiti perché non riesce a credere che il suo amico più grande, sia fermo lì, immobile, come una statua da museo in un letto d'ospedale. In un ospedale dell'area ovest di Banta, nel quadrante A, quello più vicino alla città di White City. Vera osserva il suo giovane amico in silenzio, mentre Vitor, come al solito, è colmo di rabbia:<< Maledizione!>>- dice sbattendo i pugni contro la vetrata-<< Se avessimo libero accesso a White City, potremmo curarlo come si deve! Maledizione! Governo assassino!>> Vera si avvicina all'uomo e ,gli prende delicatamente le mani, cercando di farlo calmare.<< Sta arrivando il dottore>>- gli sussurra-<< Sentiamo cosa ci dice..>>

Il dottor Moncard si avvicina alla ragazza. Le dice:<< Val ha subito un importante trauma cranico. Sembra che, comunque, non abbia riportato danni rilevanti al cervello. Questo anche grazie al casco da motociclista che indossava al momento dell'incidente.. Lo ha protetto dall'impatto. Purtroppo non sappiamo quando potrà riprendere conoscenza. Monitoriamo costantemente la sua attività celebrale . Per aiutarlo a ristabilirsi, però, avremmo bisogno del Tricol 2: è una potente medicina che viene prodotta e distribuita solo a White City e nelle altre grandi città dell'area nord. Purtroppo, come già sapete, noi non possiamo importarle..>>

<< Governo assassino!>> urla nuovamente Vitor. Luis ha ascoltato tutto dal corridoio. Non si è fatto vedere dai suoi amici, però. Ha le lacrime agli occhi e borbotta:<< Val, amico mio! Andrò a White City, troverò quella medicina e ti salverò!>> Ponzo è lì vicino. Lo guarda con aria meravigliata:<< Ma capo, come facciamo! Noi non possiamo entrare in quell'area della regione! Ci faranno fuori all'istante!>>

<< Sta zitto Ponzo! E' colpa mia se Val è in quelle condizioni! Devo fare tutto il possibile per aiutarlo! E tu verrai con me! D'altro canto, sei tu che mi hai aiutato a costruire quella dannata pista!>>

<< Io non capisco, capo.. Ma Val non era precipitato nel buco della pista per sua inettitudine, perché è un impedito?>>

<< Basta con le congetture! Andiamo a prepararci per la città!>> I due ragazzi lasciano l'ospedale. Intanto il dottor Moncard sta ancora parlando con il gruppo di amici nella saletta d'aspetto:<<.. Non dovete disperare. Il ragazzo è forte e abbiamo concrete possibilità di recuperarlo. Scusate, ora devo andare da un altro paziente.>>

Il furgoncino merci è fermo alla postazione di controllo. I funzionari visionano i documenti forniti dall'autista e poi lasciano passare l'automezzo. All'interno del furgone, nascosti tra gli scatoloni più grandi, ci sono Luis e Ponzo. Il grasso aiutante, sudato ed agitato, chiede al suo capo:<<Ehi, ci è

andata bene.. Non hanno ispezionato il carico, altrimenti..>>

<< Già,ma la nostra fortuna non durerà a lungo. Dobbiamo uscire di qui e raggiungere immediatamente White City. Siamo sufficientemente lontani dal posto di blocco, avvicinati al portello, io sto al finestrino, e ti avviso quando è il momento di aprire e saltare giù..>>

<< Bene capo, io sono prontissimo.>> Il furgone svolta in una strada poco trafficata. E' il momento buono, è Luis dà il suo ordine a Ponzo:<< Ora! Apri e... giùùù!>> Ponzo si ingarbuglia, inciampa su uno scatolone, ma riesce ad aprire il portellone e a saltare fuori. Lo stesso fa Luis. I due rotolano su un lato della strada, finendo in un cespuglio pieno di rami, che si conficcano nella carne flaccida di Ponzo. Luis è caduto sull'amico, che urla per il dolore. Luis si sposta e gli dice:<<Non urlare, brutto idiota! Te lo avevo detto di essere veloce! Ed ecco il risultato! Per fortuna che non ti sei fatto niente!>>

<< Tu dici? Questi rami mi hanno bucato tutta la pancia! , capo mi sento morire!>>

<< Zitto, un paio di cerotti e sei a posto. Se non vuoi morire davvero, ucciso da qualche guardia di passaggio, abbassa la voce! Ora ti libero da quella "trappola"!>> Luis aiuta Ponzo a liberarsi dei rami conficcati e lo ripulisce dalle foglie e dai legnetti rimasti sul vestito di cotone bianco.

<< Grazie capo.. A proposito, ma perché ci siamo vestiti così, se rischiamo lo stesso di venir riconosciuti?>>

<< Perché se anche abbiamo indossato abiti da "cittadino", le guardie potrebbero lo stesso individuarci ed arrestarci. Noi- soprattutto tu- non abbiamo la faccia di tipi da città. Non sono stupidi, quelli.>>

<< Però io mi sento stupido, con questa specie di tunica bianca. Non la voglio portare-rivoglio i miei vestiti!>>

<< Perché devo avere un assistente così imbecille! Va bene, se hai voglia di morire, togliti pure il vestito. Io me ne vado. Devo trovare il laboratorio farmaceutico e la medicina per Val. Addio.> Luis cammina veloce verso la città. Ponzo lo segue, anche se a fatica:<< Noo, aspetta, capo, non scherzare. Io vengo con te!>>

Al laboratorio di Ricerca e Sperimentazione c'è silenzio e tensione: è da un po' che Val non si fa sentire, e la sua assenza desta molta preoccupazione nel Professor Cantor e di conseguenza in tutto il suo staff. La sua presenza nei cieli, come pilota del Brazer, è indispensabile. Cantor è molto nervoso, mentre uno dei suoi assistenti, in preda alla rabbia, batte i pugni sul display di controllo , gridando:<< Professore, ma come fa a fidarsi di quel ragazzo? E' possibile che non abbiamo alternative?>>

<< Sta calmo>>- risponde il Professore-<< Hai provato di nuovo a metterti in contatto con lui?>>

<< E' già il terzo giorno di tentativi. L'ultimo segnale l'ho inviato due minuti fa. Perché non manda uno dei tecnici sul Brazer? Ziro è stato anche un soldato delle truppe di confine, una volta e..>> Ma Cantor lo interrompe immediatamente:<< Non devi sottovalutare il Brazer: non averne una perfetta padronanza, significa andare incontro a morte certa. E non perché si andrebbe a finire nelle grinfie della truppe di Landar.. Non è come avere a che fare con i mini-robot che vengono utilizzati dall'esercito nelle lotte di confine. Immagina un errore in assetto di volo, potrebbe costare caro a qualsiasi esperto militare.. Il Brazer è particolare, complesso.. Val ha dimostrato da subito di possedere il talento e le capacità necessarie per poter pilotare un robot di ventotto metri e dal peso di venticinque tonnellate. Ma non è questa la cosa più importante. E' il suo spirito..>>

<< Che vuol dire, Professore?>>

<< Ti sei unito a noi da poco, e quindi non conosci a fondo la nostra storia: e' merito di Val, se abbiamo potuto costruire questa base e i laboratori che sono al suo interno.>>

<<Cosa?>>

<< E' così. Non molto tempo fa, io ed altri studiosi eravamo prigionieri dei Grenzeriani. Eravamo stati rapiti, condotti nelle terre del sud, oltre il Deserto

della Morte, tenuti in ostaggio dagli uomini di Landar. Volevano che collaborassimo con i loro scienziati..>>

<< Volevano sfruttarvi e poi buttarvi via..>>

<< Esattamente. Ci avrebbero sfruttato al massimo, prima di farci fuori. Dovevamo aiutarli a realizzare il loro progetto di conquista della Terra: era già pronto, al nostro arrivo, uno specifico attacco attraverso onde sismiche artificiali, destinate a distruggere le terre del nord. Ci rifiutammo, naturalmente- di aiutarli e ci chiusero nelle celle della loro base. Ci liberarono però, poco dopo, per permetterci di realizzare il nostro progetto più importante.. era l'unico motivo per cui ci tenevano in vita, e, noi speravamo di poter rovesciare la situazione a nostro vantaggio, a progetto ultimato..>>

<< Sta parlando del Brazer, vero Professore? E speravate di potervene impossessare, a lavoro finito,giusto?>>

<< Già. Cinque scienziati che conservavano, nella propria memoria e ognuno per la sua parte, un codice segreto che permetteva al robot di avviare i suoi processori e mettersi in funzione. Naturalmente, non lo avremmo mai consegnato ai Grenzeriani..>>

<< E allora cosa accadde, poi?>>

<< Val era un volontario dell'esercito, impegnato in prima linea nelle lotte di confine contro gli invasori. Non lo faceva per sé stesso, per acquisire lo status di cittadino: voleva solo debellare la minaccia

dell'invasore alieno. D'altra parte, però, ostacolava l'alto comando, disubbidendo spesso agli ordini.. Non tollerava i soprusi e le malefatte perpetrati nei confronti dei prigionieri o nei confronti dei coloni. Venne cacciato dall'esercito per insubordinazione grave e condannato a vivere per sempre nelle campagne povere del sud. Gli venne risparmiata la prigione, soltanto per i meriti riconosciutigli sul campo di battaglia. Non ha mai tollerato la nuova società, messa in piedi dopo l'ultima guerra..>>

<< Questo lo capiamo e lo sosteniamo con tutte le nostre forze, Professore..>>

<< Sì, ma Val lo voleva più di tutti: un giorno attraversò Il Deserto della Morte ed entrò nel profondo sud a bordo di un astro-disco rubato alla flotta di Landar, riuscì a penetrare nelle mura della città nemica eludendo i radar e, superando molte difficoltà, riuscì a raggiungere la prigione dove eravamo rinchiusi noi scienziati e alcuni dei tecnici che ora lavorano al laboratorio..>>

<< Allora fu lui a liberarvi?>>

<< Sì, anche se ne pagò un prezzo alto. Un prezzo che continua a pagare ancora oggi: una delle guardie riuscì a ferirlo alla schiena con uno dei suoi fucili laser. Quella ferita gli procura ancora oggi, dei dolori lancinanti..>>

<< Ooh..>>

<< Comunque riuscii a liberarci e a portarci sul disco. Non solo, riuscimmo anche a condurlo sino al

Brazer, il potente robot che avevamo appena finito di costruire, e a farglielo pilotare dall'interno, dato che il jet Calt non era ancora stato costruito. Partii insieme ad un nostro assistente. Riuscii a farlo volare: era chiaro, già da quel primo volo, che Val era la persona più adatta a pilotare quel robot, come se tra lui e l'automa esistesse una "speciale simbiosi", qualcosa di veramente strano, di unico. Noi li seguivamo sull'astro-disco, mentre i Grenzeriani ci tallonavano con i loro mini-dischi. Per nostra fortuna- ed anche grazie alla velocità del Brazer e dell'astro-disco- riuscimmo a raggiungere e superare il confine, e a trovare poi riparo nella "corona di colline">>

<< Capisco, che gran coraggio...>>

<< Val era l'unico ad aver capito che la sola possibilità di salvezza, per la Terra, era quella di

raccogliere un gruppo di validi e coscienziosi scienziati in grado di contrastare, con le loro invenzioni, la tecnologia avanzata di cui dispongono i Grenzeriani. Non solo. Condividevamo anche gli stessi ideali di giustizia e libertà, andando contro i terrestri che sostenevano Il Governo ingiusto creato dopo l'ultima guerra fra le potenze mondiali, che dominano incontrastati sulla vita di tutti gli altri esseri umani sopravvissuti..>>

<< Capisco, Professore, ora vedo tutto chiaramente. Le prometto che non giudicherò mai più quel ragazzo.>>

<< Non preoccuparti, Atta. Anzi, eri tenuto a sapere tutta la storia, sin dall'inizio. Purtroppo non abbiamo mai avuto il tempo per parlare insieme a Val.. Lui è un tipo riservato, un solitario.. Comunque faremo ancora dei tentativi per cercare di rintracciarlo. Se l'esito sarà negativo, raggiungerò le campagne vicine con una macchina per cercare di capire che cosa gli è accaduto.>>

Luis e Ponzo sono sfuggiti abilmente- e miracolosamente- alle pattuglie che sorvegliavano il centro cittadino di White City. Luis conosce bene quella parte della città: era stato impiegato come raccoglicicche dal Governo, (dopo essere stato "raccolto", a sua volta, dalle campagne) in un periodo in cui le strade subivano il degradamento dovuto ad uno sciopero prolungato dei netturbini. Una situazione intollerabile, per una città ordinata e pulita come White City. Così Luis ne aveva approfittato, durante il lavoro, per studiare le strade e le vie di sua competenza. Ora i due ragazzi sono vicinissimi al laboratorio farmaceutico e Luis, più determinato che mai ad entrare, "istruisce" il suo amico-assistente sul momento più difficile della missione:<< Stammi bene a sentire, Ponzo. Adesso io apro il cancello con la pistola laser ad alta intensità. Poi tu mi segui, in silenzio, fino al portone d'ingresso. Lì ci acquattiamo e poi come due gatti strisciamo fino al corridoio. Poi vediamo il da farsi..>>

<< E cioè.., non ho mica capito!>>

<< Troviamo il magazzino dei medicinali, brutto idiota!>>

<< E come facciamo con il personale del laboratorio?>>

<< No, lo hai già dimenticato? Ho studiato tutti gli orari.. Adesso c'è solo il vigilante nella sua guardiola, che di tanto in tanto esce per la sua solita

ispezione. Noi striscieremo lì sotto , e saremo più svegli e in gamba di lui..>>

<< Speriamo capo..>>

<< Ora basta parlare. Passami quella dannata pistola.>>

<< Allora ragazzi, cercherò di raggiungere la fattoria nel minor tempo possibile. Mantenete lo stato d'allerta.>>

<< Non c'è ne bisogno, Professore Cantor. Guardi il monitor centrale.. Quelle sono astronavi nemiche..>>

<< Ingrandisci, zooma sulle carene.>>

<< Bene.>> Il Professore si avvicina al monitor, per vedere meglio. Poi un breve sospiro, prima di aggiungere:<< E' una squadra d'assalto. Sono mezzi speciali.>>

<< Come fa a dirlo?>>

<< Ho riconosciuto lo stemma sulle carene.. è quello delle squadre d'assalto, sono più veloci ed abili nel combattimento rispetto alle navi della flotta ordinaria. Continuate con le chiamate d'emergenza, io corro alla fattoria!>>

<<Aaah! Dove sono? Che succede?>> Val si sveglia, ha superato il suo stato di incoscienza. Spalanca gli occhi, fissi sul soffitto dell'ospedale.

Non riesce ancora a mettere a fuoco gli oggetti che lo circondano, ma prova lo stesso a scendere dal suo letto. Poi ci ripensa, capisce che non ha la forza per farlo. Torna a stendersi, e a riprendere fiato, e ad attendere l'arrivo del medico responsabile.

<< Salve. Io mi chiamo Cantor. Sono il professore William Cantor.>>

<< Cantor…? Io mi chiamo Vitor, e non ho mai sentito parlare di lei..>>

<< Bé, lo immagino. Io vivo vicino alle colline, e non faccio parte del gruppo dei coloni, né di quello dei cittadini. Sono un indipendente: con il mio gruppo di scienziati ed assistenti , ci limitiamo ad osservare le stelle, ed a studiare i misteri dello spazio infinito.>>

<< Ma lei cosa vuole da Val?>>

<< Vede, io sono un suo lontano parente. L'unico rimastogli. Non ho notizie di lui da diversi giorni. Lui mi a detto che vive e lavora qui, nella vostra fattoria..>>

<< Aah, gli sfaccendati, sono tutti parenti.. E poi le ricordo che le fattorie non sono nostre, ci sono date in concessione da quell'infame Governo, maledetto... E' anche colpa sua se Val non guarisce..>>

<< Guarisce? Guarisce da cosa?>>

<< Val è rimasto vittima di un incidente in motocicletta. Ha subito un trauma cranico e se..>>

<< E si trova nell'ospedale di Banta, non è vero? Grazie Vitor!>> Il Professore corre verso la sua auto.

<< Ehi, aspetti, dove va? Questo non è orario di visita, non lo sa?>>

Luis e Ponzo sono riusciti ad entrare nei magazzini del deposito farmaceutico. << Ci siamo Ponzo. In quella bacheca c'è la medicina che cerchiamo. Passami i grimaldelli, ma senza fare rumore.>>

<< Bene capo.>> Ponzo apre la sua borsa, da cui estrae un astuccio di pelle nera che consegna immediatamente all'amico. Luis, a sua volta, apre l'astuccio ed estrae un piccolo oggetto cilindrico di metallo, con cui cerca di aprire la bacheca. << Sta passando qualcuno per il controllo! Presto Ponzo! Sotto la scrivania!>> I due ragazzi, con un balzo, si infilano sotto la scrivania di ferro posta davanti alla bacheca. L'addetto alla sorveglianza entra nella stanza, accende la luce, da una rapida occhiata, poi spegne e se ne va.

<< Ora , fuori!>> - sussurra Luis- i ragazzi tornano davanti alla bacheca. Luis tira fuori il suo grimaldello e , dopo aver armeggiato con la serratura per pochi istanti, apre la porta a vetro. I due cominciano a cercare negli scaffali, e dopo pochi minuti, Ponzo punta la sua piccola torcia dalla luce

blu per terra:<< Eccola capo, l'ho trovata! Ho trovato la medicina! L'ho trovata!>>

<< Bene , bravissimo! Fa vedere.. si è lei.. è caduta per terra ma per fortuna non si è danneggiata! Raccoglila e mettila in borsa.>>

Ponzo esegue l'ordine, ma mentre sta armeggiando con la borsa, un lembo della sua tunica da "cittadino" si impiglia nell'anta della bacheca. Il ragazzo non se ne accorge e, muovendosi per raggiungere l'uscita, provoca una "scossa" che fa cadere a terra diverse bottigliette contenenti medicinali. Luis, che aveva già raggiunto la porta si volta di scatto verso il suo assistente:<< Che cosa hai combinato, idiota?>>

<< Ma non è colpa mia, capo! Te lo avevo detto che queste tuniche fanno schifo! Non riesco a sbrogliarmi..>>

<< Presto dobbiamo andare via da qui!>> Luis e Ponzo corrono , attraversando i corridoi del magazzino, fino a raggiungere un'uscita di emergenza deserta. Luis si affaccia all'esterno, non vede nessuno.<< Sembra tutto a posto. Presto filiam..>> Il ragazzo non riesce a finire la frase, perché due guardie ed un sottoufficiale di turno al laboratorio li fermano. Il sergente maggiore Lorgan sembra su di giri:<< Bene, bene, cosa abbiamo qui? Voi *(rivolgendosi* alle *due guardie)* , controllate quella borsa..>> I due guardiani eseguono l'ordine del sergente Lorgan.

Cantor ha raggiunto la stanza D-3 dell'ospedale di Banta, dove si trova Val. il ragazzo è cosciente e lo riconosce subito.

<< Professore, Professore.. è lei?>>

<< Sì, Val, sono io. Come ti senti?>>

<< Io credo.. io credo di stare bene. Ma lei come è arrivato fino qui?>>

<< Grazie a Vitor.. ma ora non abbiamo tempo per parlarne. Gli infermieri potrebbero scoprire che sono entrato qui senza autorizzazione.. Te la senti di uscire dall'ospedale con me?>>

<< Ma cosa sta succedendo?>>

<< Le armate di Landar sono ormai penetrate nei cieli terrestri. Stanno per attaccare White City e probabilmente, anche le terre del sud..>>

<< Capisco. Ora devo rivestirmi. Ack!>> Val scivola sul lenzuolo, ma poi si riprende e , lentamente, comincia a cambiarsi, con l'aiuto del Professore.

<< Hai dimostrato delle capacità di recupero eccezionali. Tuttavia non hai ancora ripreso del tutto le tue capacità motorie. Vestiti con calma. Ho individuato una via d'uscita secondaria, non lontana dal corridoio del piano, dove gira poco personale.. Più che altro, sono addetti alle pulizie. In cinque minuti raggiungeremo la mia macchina qui, nel parcheggio.>>

<<Aaaah! Aaah!>> Luis sputa sangue, lo sguardo è fisso sul pavimento. Ponzo, invece, punta gli occhi sgranati, pieni di terrore, sul suo aguzzino. I due ragazzi sono legati a delle travi di legno, costruite appositamente per la cella di "rigore e punizione", così come viene chiamata dai militari che ne fanno uso. La conformazione delle travi è simile a quella di una porta di calcio e le posizioni dei prigionieri e degli aguzzini ricordano, rispettivamente, quelle di un portiere di calcio-legato alla sua porta- e quella di un calciatore pronto a battere il suo "rigore" o la sua "punizione". Il sergente maggiore Lorgan non ama i paragoni. Per lui, quella è soltanto una cella del tribunale dove si interrogano i prigionieri, con un "trattamento" adeguato alla gravità del reato. Lo prevede la Costituzione del Governo, entrata in vigore subito dopo la fine dell'ultima guerra, ancor prima che le città fossero ricostruite. I ladri e i borseggiatori- data la scarsità di risorse disponibili- vengono trattati alla stregua degli assassini. Lorgan condivide al cento per cento quello che la nuova Costituzione e i nuovi Codici prescrivono negli interrogatori pre-processuali. Così continua il trattamento , con un ghigno stampato sul volto :<< Allora, chi vi manda?>> Luis non parla più: i pugni e gli schiaffi ricevuti lo hanno stremato. Ponzo, fino ad allora, non era ancora stato "interrogato". Lorgan si volta verso di lui, ma Ponzo non aspetta nemmeno che gli venga rivolta la parola:<< Non ci manda nessuno, glielo abbiamo detto. Quella medicina ci serviva per curare un nostro amico!>> Lorgan fa un

cenno ad un suo aiutante. L'uomo colpisce Ponzo allo stomaco. << AAAh!>> è il suo lamento, identico a quello del suo capo. Logan si alliscia i baffetti, accenna un altro ghigno:<< Siete degli stupidi, il vostro destino è già segnato!>>

BOOOOM! << MA cosa succede? Il sergente guarda attraverso la grata della cella. Si avvicina il più possibile, scruta il cielo ma non vede nulla. Dal corridoio , una voce concitata annuncia lo stato d'allarme:<< Siamo sotto attacco! Tutti alle rispettive postazioni!> Logan si precipita fuori, e ferma per un braccio il primo soldato affaccendato che gli capita a tiro:<< Allora? Che diavolo succede?>> L'uomo si mette sull'attenti, quindi risponde:<< Un attacco dal cielo, signore. Probabilmente si tratta della flotta aerea del Pianeta della Terra Purpurea. Hanno lanciato delle bombe di avvertimento, nella zona ovest dell'area.. Poi.. C'è un dispaccio per lei, signore, stavo per consegnarglielo nella cella..>>

<< Da qua..- *Lorgan strappa dalle mani del soldato il foglio con il dispaccio, lo legge:* " Attacco da terra, zona sito E-3, recarsi immediatamente sul posto..">> Lorgan abbandona la cella delle torture, portando con sé il suo assistente. La priorità, ora , è respingere l'attacco alieno.

La macchina di Cantor attraversa velocemente le strade di campagna. Dopo poche centinaia di metri sulla "sterrata" principale, il professore vede qualcosa di insolito: sul ciglio della strada c'è Vitor, in piedi sul cofano della sua jeep, che gli fa cenno di fermarsi. Cantor rallenta e si ferma vicino alla jeep. Vitor scorge il viso di Val sul sedile posteriore della macchina del professore, così , con un balzo degno di una scimmia, raggiunge il finestrino passeggeri per parlare con il suo giovane amico.

<< Bene ragazzo, vedo che stai meglio! Devo dirti una cosa, però! E' venuta alla fattoria la mamma di Ponzo.. era fuori di sé per l'agitazione! Ha scoperto che suo figlio e Luis sono andati in città-c'erano degli stracci nascosti, sotto il letto di Ponzo, stracci che usano solo quelli di White City- e questo può significare solo guai! Io ora non posso fare niente, ho il motore della jeep in panne!>> Sal lo guarda tranquillo:<< Non ti preoccupare, Vitor. Penseremo anche a loro, se ci lasci andare via!>>

Cantor si volta e saluta con un cenno della testa al piccolo uomo della fattoria, poi parte veloce verso le colline.

Le luci della galleria si accendono in sequenza. La navetta attraversa veloce il binario elettrico, si arresta. Val salta sul jet Calt, accende i motori, vola fino al grande hangar costruito nei sotterranei del laboratorio. Le ali del jet si piegano, e il veivolo si aggancia alla testa diventando così il centro di comando del Brazer. << Brazer, in azione!>> Val è pronto a volare. Ma la spia della radio si illumina: è in atto il contatto con la sala operativa del laboratorio.

<< Aspetta, Val.. Non utilizzare la solita uscita: ci sono diverse navi che sorvolano il nostro spazio aereo. Esci dalla galleria numero tre.>>

<< Ricevuto, Professore.>> Val preme il bottone verde sul display- le ali d'acciaio del Brazer si spiegano-, poi punta la cloche verso l'uscita numero tre. I potenti motori si accendono, la spinta propulsiva fa il resto: il robot attraversa in volo la galleria scavata nella roccia.

Il cielo è terso e pieno di luce. Val sa che deve tornare indietro e penetrare nello spazio aereo del laboratorio. Tiene sotto controllo l'intera flotta nemica dal suo monitor, anche se con grande difficoltà: quelle navi sono nuove, potenti, e riescono a cambiare la traiettoria di volo a velocità impressionante. I motori del Brazer sono al massimo. Comincia la battaglia:<< Raggi alfa disintegranti!>> le navi schivano i raggi e contrattaccano con i loro missili, colpendo il robot. La corazza d'acciaio del Brazer non viene scalfita, ma Val è frastornato dalle vibrazioni causate dalle esplosioni. Scuote la testa per riprendersi, si guarda in giro, poi si ferma:<< Sì.. lì, oltre le colline. C'è un vulcano spento..>> Il Brazer vola verso sud-est, verso il vulcano che si trova oltre la corona di colline. La flotta di navi spaziali lo insegue, lui è più veloce ed entra all'interno del vulcano. Le navi si avvicinano al cratere, sospese in volo, come a voler studiare la situazione.

<< Raggi alfa disintegranti!>> Un fascio di luce blu, distruttivo, promana dal vulcano: il potente laser riduce in pezzi le navi sovrastanti. Il Brazer esce allo scoperto in un lampo. Distrugge le navi rimaste lanciandogli contro le lame distruttrici. La spia della radio lampeggia. Val apre il contatto:<< Mi senti?>>

<< Certo, Professore, sono in ascolto.. ce l'ho fatta. Sono riuscito ad eliminare tutte le navi della squadra d'assalto.>>

<< Sì, ma non è ancora finita. Landar ha lanciato un nuovo robot: ha fatto parecchi danni nella periferia della città, ma improvvisamente ha lasciato il campo ed è partito per una nuova destinazione..>>

<< Che sta cercando di dirmi?>>

<< Torna subito al Laboratorio. Sembra che il mostro di Landar si stia dirigendo qui. Credo che abbiano scoperto la nostra base.>>

La visuale è perfetta. Val osserva dall'alto la corona di colline, fatta di roccia dura e terra, che circonda la valle. L'enorme tappeto verde dona vitalità al Laboratorio di Ricerca e Sperimentazione, base costruita dal Professor Cantor e dai suoi collaboratori. Solo poche persone conoscono le vie di entrata ed uscita scavate nella roccia: questo per preservare il più possibile la sicurezza e segretezza del Laboratorio. Val controlla lo spazio aereo sovrastante. Non ha bisogno di contattare la base, né di consultare i suoi radar di bordo. Sa che il mostro-robot di Landar sta per arrivare e che vuole distruggere il Laboratorio.

Un'enorme nuvola di fumo si avvicina, minacciosa ,sulla corona di colline. Val guarda meglio, attraverso i suoi monitor: la nuvola nasconde il mostro d'acciaio della squadra d'assalto di Landar. La nuvola si dissolve, e i due robot sono finalmente faccia a faccia , pronti al combattimento aereo. Il Brazer attacca con i raggi alfa disintegranti, ma è inutile: il mostro è rapidissimo- proprio come la flotta d'assalto- ed evita i colpi e torna nella sua posizione iniziale. La lamina d'acciaio che protegge il suo petto si solleva, scoprendo delle feritoie da cui partono una raffica di missili che centrano il Brazer. Val è scosso, turbato dalla potenza e dalla velocità del mostro. Ma la corazza del Brazer resiste ai colpi e permette al ragazzo di reagire con prontezza:<< E' molto forte.. non ha bisogno nemmeno del sostegno di Landar o dei suoi ufficiali, è venuto qui da solo per compiere una missione fondamentale per il suo pianeta.. Ho trovato.. l'unico modo per batterlo è colpirlo mentre mi attacca..>>

Il Brazer avanza contro il mostro, e, nonostante la pioggia di missili lo investa completamente, continua ad avanzare:<<Lame distruttrici!>> il Brazer prende al volo le due spade d'acciaio. Due fendenti ai fianchi, ed il mostro viene lacerato in profondità. Il Brazer si allontana. Il mostro-robot, colpito nei suoi centri vitali, esplode.

Val è molto provato. Ha ancora il fiato grosso:<< E' stata una battaglia dura. Questi mostri diventano sempre più forti..>>

Cantor si mette in contatto con il ragazzo:<< Val, come ti senti?>>

<< Scosso, Professore, ma ce l'ho fatta. Il Brazer ha i circuiti danneggiati, ma ha ancora diverse ore di autonomia. Come è la situazione a White city?>>

<< Sembra che le truppe di terra siano riuscite a scacciare i mini-robot ed i soldati Grenzeriani. Ora stanno combattendo oltre il confine della città, ma si prevede una rapida ritirata del nemico. E questo grazie a te , che hai distrutto la flotta aerea ed il mostro d'assalto.. Ora puoi rientrare.>>

<<Non posso ancora, Professore. Devo trovare Ponzo e Luis. Se sono ancora vivi, devo trovarli e riportarli a casa.>>

<< Cerca di non portare al limite il Brazer. Auguri, Val.>>

<< Grazie, Professore.>> il collegamento viene chiuso. Val raggiunge i cieli di White City in pochi minuti. I radar dell'esercito lo intercettano. Lo scambiano per un mostro inviato da Landar. L'artiglieria contraerea comincia a sparare, ma il robot gigante vola lontano a grande velocità.

<< Ci sono soltanto due posti dove possono essere: in prigione o nei cunicoli di qualche fogna. Proviamo prima alla prigione.>> Il Brazer è sopra il

famigerato tribunale di White City: lì, nelle celle di pietra dei piani inferiori, si perpetrano le sevizie riservate agli oppositori e ai violatori delle "sacre" leggi del Governo Centrale. Gli occhi del Brazer si accendono, diventando grandi fari che illuminano tutto il tribunale. Il computer di bordo segnala la prigione e sul monitor, la presenza di due individui inermi. Il Brazer atterra vicino alla cella . La parte mobile del suo busto si apre, e da lì fuoriesce un arpione , che viene scagliato contro il muro di cemento della prigione. L'arpione torna indietro portandosi con sé una parte del muro e lasciando un buco di tre metri, una galleria perfetta per la fuga. Ponzo si sveglia, scosso dal frastuono provocato dal muro. Non capisce la situazione, si guarda intorno, poi guarda Luis, che è ancora svenuto:<< Sveglia capo, scappiamo via, ci sono i mostri dello spazio!>> Il busto del Brazer si apre nuovamente: una scala mobile, simile ad una lunga lingua nera, trascina i due ragazzi all'interno del robot. I ragazzi sono al sicuro. Il Brazer vola via sotto gli occhi sbigottiti dei militari e del personale del tribunale di White City.

Il robot atterra nelle verdi campagne di Banta. A poche decine di metri ci sono le fattorie. Una porticina, posta nella scocca del Brazer, si apre: le sue possenti mani accompagnano Luis e Ponzo fino a terra. Ponzo segue incredulo tutta l'azione. Luis è ancora privo di sensi. Il Brazer vola via, mentre il grasso e incredulo ragazzo lo guarda allontanarsi a bocca aperta. Si rende conto di essere vicino alle fattorie e cerca quindi di rianimare il capo-amico:<< Ehi, Luis, sveglia!>> ma non ottenendo risultati, decide allora di schiaffeggiarlo. << Aaah, maledetto grassone! Come osi schiaffeggiare il tuo capo? Come se non avessi preso abbastanza botte, in questa stramaledetta giornata..>> Luis ha ripreso i sensi. Ponzo è rosso per la felicità:<< Evviva, capo! Bentornato tra noi!>>

<< Ma cosa succede? Dove diavolo siamo finiti?>>

<< Ecco capo, è per quello che ti schiaffeggiavo.. Volevo dirti una cosa, è successa una cosa incredibile, più incredibile di quella che ci è accaduta oggi al deposito.. Un mostro, siamo stati salvati da un mostro piovuto dal cielo!>>

<< Che corbellerie dici? Io non mi ricordo di nessun mostro!>>

<< E allora come credi che siamo usciti di prigione?>>

<< Non ho idea..>>

<< E' stato il mostro, capo!>>

<< Tu farnetichi, le botte prese in cella ti hanno reso ancora più stupido di quanto tu non lo sia normalmente..>>

<< E allora come siamo arrivati fino a qui, me lo spieghi?>>

<< Semplice: qualche galeotto di buon cuore, approfittando del caos provocato dai bombardamenti, ci ha portato in salvo!>>

<< Ma non è così, e poi tu come fai a sapere dei bombardamenti, se eri svenuto?>>

<< Io sono svenuto DOPO l'inizio dei bombardamenti, ma tu che ne sai?>>

<< A proposito, capo, ma come faremo con l'esercito? Ora saremo dei ricercati..>>

<< Stai tranquillo Ponzo: loro non perdono tempo a cercare due come noi. Lo sai che vengono da queste parti soltanto quando devono combattere o quando devono rubare parte del nostro raccolto. E poi non sanno niente di noi, non abbiamo parlato, non abbiamo detto nemmeno i nostri nomi.. Siamo dei veri duri, io e te!>> Luis prende per le spalle l'amico, che soddisfatto, replica al "capo":< Ben detto!>>

<< Bravo Ponzo. Ed adesso torniamo a casa!>>

<< Giusto Luis, cioè volevo dire giusto signore.. e chi se ne frega dei mostri!>> I due si avviano sereni verso le fattorie.

VECCHI AMICI
(vita e morte a Malone City)

Vitor e il figlio Dan sono appostati vicino al tavolo del rinfresco. Non vogliono che nessuno assapori quelle prelibatezze di campagna fino al momento in cui Val non sarà presente. Il giovane ha appena finito di pulire la stalla. Si è lavato e cambiato e sta per raggiungere il gruppo di amici, riuniti intorno alla tavola imbandita dalla mamma di Luis e Vera. L'odore dei panini, delle bibite, delle torte e dei pasticcini ancora incartati mandano Ponzo su di giri. Vitor raggiunge Val:<< Bene ragazzo, sei dei nostri finalmente! Ti avevo detto che oggi potevi anche non lavorare, e tu, più testardo di un mulo, ti sei messo a pulire la cacca dei cavalli!>> Dan si intrufola tra i due, sorride a Val-<< Che c'è di male papà>>-<< Si vede che sta già meglio!>> L'uomo non è d'accordo, e allontana da sé quel ragazzino che considera molesto:<< Sta zitto!Era compito tuo pulire la stalla, brutto pelandrone- Val è ancora così debole!>>

<< Ma papà, io dovevo..>>

<< Sta zitto, ora basta!>> Vitor spinge Val verso il banchetto, dicendogli:<< Raggiungiamo gli altri, ragazzo? E tu Dan, sai cosa devi fare!>> Il piccolo Dan corre nel casotto di pietra- due stanze chiamate il "salotto" , – che fungono, solitamente, da ripostiglio per gli attrezzi. Intanto i due uomini

raggiungono il resto del gruppo. Vera corre da Val per abbracciarlo, sorride e gli dice:<< Bentornato, Val!>> anche Luis si unisce ai saluti, aggiungendo, con un ghigno:<< Vedo che stai molto meglio, ragazzotto! Sono molto felice!>> Val accenna un ghigno a sua volta. Dice:<< Anche tu hai una bella cera, per essere uno che è sopravvissuto a White City.. Tua madre era furiosa, così come lo era quella di Ponzo. Vi piacciono le gite in luoghi pericolosi? Ma che vi salta in mente, ragazzi?>> Luis si gratta la testa, e, imbarazzato, risponde:<< Lasciamo perdere, smanie di gioventù.. Le grandi città ci hanno sempre incuriosito, non è vero Ponzo?>>

<< Ma veramente signore, noi eravamo andati là per prendere una med..>> Luis colpisce Ponzo con una gomitata allo stomaco per zittirlo, quindi aggiunge:<< eravamo lì perché ci aveva preso uno strano desiderio di meditazione, lontano, per una volta dalla solita campagna.. Ma non badate alle sue parole, pensiamo a festeggiare!>> Dan esce di corsa dal casotto bianco. La musica comincia a diffondersi dalle casse stereofoniche sistemate nel giardino. Copre presto- gradevolmente- tutti l'area della fattoria. Arrivano anche la piccola Mia con la madre. La bambina si avvicina a Val per porgergli il piccolo dono confezionato appositamente per lui:<< Tieni, è un regalino per te.>> gli dice con dolcezza. Val appare commosso, e ,inginocchiandosi per abbracciarla, le dice:<< Oh, non dovevi, piccola Mia. Grazie.>>

<< Avanti, aprilo!>> aggiunge la mamma della piccola. Val scarta il pacchetto, lo apre. E' una bambola di pezza dagli occhi perlati e la bocca sorridente. << E' una bambola delle nostre parti>>- aggiunge la donna-<< indossa il costume tradizionale del nostro Paese. E' un portafortuna. L'abbiamo confezionata io e Mia, con le nostre mani, mentre pregavamo per il tuo ritorno..>> Val avverte il rammarico nella voce della donna: è felice, ma allo stesso tempo triste perché quella bambola le ricorda il suo Paese, da cui è dovuta andare via a causa della guerra e della politica del nuovo Governo, insediatosi subito dopo la fine del conflitto mondiale. Essendo una donna del popolo, non appartenente alla classe militare dei vincitori-conquistatori del "nuovo mondo"- come venne chiamato dai nuovi Governanti- venne cacciata dalla "nuova" città e confinata nell'area di Banta, con il compito di coltivare la terra e produrre derrate alimentari da destinare, in gran parte, alle città da cui lei stessa era stata cacciata.

Val , sorridente, ringrazia ancora:<< Signora.. piccola Mia! custodirò questa bambola come fosse un tesoro!>> Luis intanto si avvicina a Vera.

<< Non senti questo ritmo, Vera? Non hai voglia di ballare?>>

<< Non adesso, Luis. Non ho ancora parlato con Val!>> Vera gli volta le spalle e si allontana, Luis rimane di sasso:<< Ahh, che delusione queste ragazze! Dov'è Ponzo? Ponzo , che stai facendo?>>

Il grasso e grosso assistente di Luis è lì vicino, ovviamente con la bocca piena. << Sto mangiando , capo! Gnam, gnam! Hai visto quanto ben di dio su quel tavolo?>> Ponzo ha dei grandi baffi gialli. Gialli di crema pasticciera. Luis lo guarda disgustato, lo tira verso di sé dicendogli:<< Basta mangiare! Piuttosto, devi bruciare calorie- vieni in pista!>> Ponzo inghiotte l'ultimo pasticcino, poi si lancia nelle danze con il suo amico. Val osserva la scena divertito: i due ballerini sono goffi e scoordinati, ma simpatici nei loro movimenti. Anche Vitor si muove in maniera maldestra: cerca di sistemare le sedie di legno intorno al tavolo del rinfresco con una certa difficoltà, perché il piccolo Dan gli ronza intorno, dimenandosi al ritmo della disco-music anni '70, per impressionare la piccola Mia. L'uomo lo rimprovera con veemenza, ma inutilmente. Dan sembra una zanzara impazzita, assolutamente fuori controllo. Val osserva la scenetta divertito e pensa:<< Magari fosse sempre così, magari..>>

<< Che fai lì tutto solo?>> Vera si siede vicino a Val. Il ragazzo siede su uno sgabello di plastica, vicino a dei covoni di fieno. Sorride alla ragazza e le dice, dolcemente:<< Niente, stavo pensando..>>

<< A cosa?>>

<< Pensavo che questa è proprio una giornata meravigliosa. Tu che ne pensi?>>

<< Sì, ma potrebbe essere migliore.>>

<< Cosa intendi?>>

<< Potresti partecipare un po' di più alla festa. Che ne dici di venire a mangiare qualcosa?>>

<< Okay, ti seguo.>>

Vera si alza e , sorridente, si incammina verso il rinfresco. Val viene trattenuto per un braccio: si volta verso il covone di fieno e scorge un viso familiare che gli fa cenno di avvicinarsi. E' uno dei tecnici del Laboratorio di Ricerca. Gli dice, sussurrando:<< Val, mi ha mandato il Professor Cantor. Vuoi seguirmi, per favore?>>

<< Sì, ma io..>>

<< Non preoccuparti, sarai presto di ritorno. I tuoi amici non si accorgeranno nemmeno della tua assenza, è una faccenda veloce..>>

<< Uhm.. Va bene.>>

<< Vieni, presto, passiamo per il bosco. Così ci muoveremo indisturbati.>> I due uomini saltano lo steccato di protezione della fattoria e raggiungono il bosco vicino.

<< Perché non mi avete avvisato con il segnalatore?>> chiede Val mentre si fa strada, con la su torcia portatile, nel "Bosco Scuro", come viene chiamato da quelle parti, per via della sua fitta vegetazione,che lascia poco spazio alla luce, anche nei giorni più intensi dell'estate. L'uomo, davanti a lui, proseguendo nel cammino, gli risponde:<< Si è verificato uno strano black-out al Laboratorio. Non

possiamo inviare messaggi. Ci serve il tuo aiuto, alcuni tecnici sono rimasti bloccati nell'area di tua competenza..>> Val non è convinto delle sue spiegazioni. Continua a camminare, fissandolo insistentemente. Poi gli salta addosso, bloccandolo per le spalle:<< Che fai?>> gli dice l'uomo. Val preme con veemenza le sue braccia e gli dice:<< Tu non sei uno del Laboratorio..>> Gli occhi dell'uomo diventano rossi , le mani artigliate e la pelle blu : in un attimo torna alle sue vere sembianze, quelle del guerriero-mostro dell'esercito di Landar. Il guerriero accenna un ghigno e si libera dalla morsa di Val, sfoderando un grosso pugnale ,che teneva nascosto nella sua divisa bianca. Vibra quindi un colpo contro il ragazzo, dal basso verso l'alto. Ma Val lo schiva e contrattacca, afferrandolo per il braccio e scaraventandolo per terra. Il guerriero scuote la testa, stordito dal colpo ricevuto. I suoi poteri, però, gli permettono di rialzarsi in fretta e scappare e sparire nel bosco. Val riprende fiato. E' un ragazzo forte, ma non si è ancora ripreso completamente dall'incidente occorsogli durante la gara motociclistica avvenuta alcuni giorni prima. Pensa:<< Ed ecco una delle nuove, argute macchinazioni di Landar, messe in atto dai suoi tirapiedi. Quel guerriero del Regno aveva solo l'aspetto di un uomo.. il suo odore di morte, il suo istinto omicida era troppo presente. Hanno mandato il tipo sbagliato. Abile, senz'altro: è sparito in un attimo, anche grazie all' aiuto della fitta boscaglia..>> Val osserva il suo orologio. Prova a collegarsi con il laboratorio, ma senza successo: la spia rossa sul quadrante non si accende:<< Non c'è contatto. Devono aver subito un black-out importante, lì al laboratorio. Devono essere stati Landar e i suoi, era nei piani, ne sono sicuro.. Devo raggiungere la Base,immediatamente!>>

Il fascio di luce del "Gatto Selvatico", il faro della moto di Val, illumina il muro di roccia e parte del sentiero attiguo alla porta di pietra, il blocco dove il ragazzo inserisce una piccola chiave, in un buco segreto nascosto;la parete si apre, e Val rimonta in sella per attraversare la galleria scavata nella parte più bassa della "corona di colline" che circonda il Laboratorio.

La valle è immersa nel buio. Val fa affidamento soltanto al potente faro della sua motocicletta, una April f-125 modificata- che illumina il percorso, il sentiero che lo conduce al Laboratorio. Prova ad attivare il contatto con il suo segnalatore da polso il Professor Cantor, ma senza ottenere risultati. Non gli resta che scendere dalla motocicletta e andare a bussare ai cancelli dell'edificio. Prova a chiamare, a gran voce:<< Ehi, gente del Laboratorio! Fatevi vedere!>> Si sentono dei passi provenire dall'ingresso. Qualcuno, con in mano una torcia elettrica, si avvicina ai cancelli. E' un tecnico del laboratorio ,che riconosce immediatamente Val. Gli dice:<< C'è stato un black-out generale. E' partito anche il generatore di emergenza.>>

<< Capisco>> risponde pensieroso, il ragazzo.

<< Vieni con me. Il Professore vuole giusto parlarti.>>

<< Spengo i fari della moto e ti raggiungo.>>

L'ufficio di Cantor è illuminato da due piccole lampade a batteria. Val riesce a vedere bene il viso del Professore: l'uomo ha l'aria stanca, ma non preoccupata. Val lo guarda negli occhi e va dritto al punto:<< Questa sera sono stato attaccato da un soldato di Landar. Aveva mutato il suo aspetto, aveva assunto l'identità di uno dei tecnici del Laboratorio. L'ho scoperto in tempo, ma poi è riuscito a dileguarsi senza lasciar traccia..>>

<< Capisco. Dobbiamo alzare la guardia. Landar utilizzerà qualsiasi mezzo per sbarazzarci di noi..>>

<< Quel guerriero venuto alla fattoria sapeva del black-out. E' probabile che siano stati loro a provocarlo, per poi attirarmi in una trappola.

Volevano arrivare al Brazer, volevano che ce li portassi io.. ma hanno fatto male a sottovalutarmi!>>

<< No Val, su questo puoi stare tranquillo: abbiamo controllato, e non c'è traccia di sabotaggio. E' probabile che i nostri generatori siano andati in tilt per cause interne. Abbiamo utilizzato al massimo la nostra riserva di energia atomica e..>> la luce torna ad illuminare tutto il Laboratorio e, gradualmente, anche la vallata. Cantor riprende il suo discorso:<< Come dicevo-ultimamente abbiamo sfruttato troppo le nostre riserve energetiche. Questo anche per potenziare ed alimentare il Brazer.. Ma stiamo lavorando per trovare una soluzione alternativa al problema.>>

<< Ma come faceva quel soldato a sapere del black-out?>>

<< Landar è capace di tutto. Evidentemente una delle sue navi stava sorvolando la zona "oscurata" e con un tempismo eccezionale, ha ordito la trappola sperando che ci finissi dentro con tutte le scarpe. Avrebbero ottenuto in un colpo solo la Base, il Brazer.. e quel che resta del pianeta Terra.>>

<< Già. Pochi minuti. Pochi minuti di black-out per tentare il gran colpo.. Meglio che cercare di bombardare una Base protetta dai sistemi di emergenza, non è vero?>>

<< Sì. Ma ora torniamo a noi. Quello che ho da dirti è molto importante. Ti ricordi del Professor Fabias?>>

<< Certo che me ne ricordo. E' un luminare nel campo della cibernetica.>>

<< Esatto, proprio lui. Io ed il Professor Fabias dovevamo incontrarci nel pomeriggio-stavamo collaborando ad un nuovo progetto: una nuova invenzione che servirà a potenziare il Brazer nei combattimenti aerei. Delle nuove ali, che ti permetteranno di volare senza difficoltà oltre i cinquemila metri.. Ma..>>

<< Ma.. che è successo?>>

<< L'aereo di linea che doveva condurre il Professore a White city, è scomparso nei cieli, nello spazio aereo di Malone city, a circa sessantacinque chilometri da qui.>>

<< Che vuol dire scomparso?>>

<< Questa volta ho il sospetto che ci sia davvero la mano di Landar e dei suoi tirapiedi. Vorrei che tu sorvolassi la zona con il jet Calt.. Otterremo dei permessi fittizi per permetterti di entrare nello spazio aereo della città, senza destare allarmi. Il nostro ufficio amministrativo fa miracoli, lo sapevi?>>

<< Lo scopro adesso, Professore>> intanto, un tecnico di laboratorio si affaccia nell'ufficio, trafelato: << Professore, Professore!>>

<< Che succede ?>>

<< Accenda il video. Stanno parlando dell'aereo del Professor Fabias..>> Cantor corre alla sua scrivania e accende il monitor-tv:<< … L'airbus 330 è

atterrato questa mattina all'aeroporto di Malone City. Il comandante è stato costretto ad atterrare lì, perché quindici passeggeri e dieci membri dell'equipaggio si sono sentiti male durante il tragitto- i passeggeri sono stati visitati dal personale medico dell'aeroporto: sarebbe stata riscontrata un'infiammazione delle prime vie respiratorie, dovuta alla presenza di fattori inquinanti presenti nel sistema di ricircolazione dell'aria.. Non si tratterebbe quindi di un attentato. Gli altri passeggeri sono stati trasferiti in un'area sterile dell'aereoporto, mentre l'aereo è stato spostato in un hangar per le necessarie verifiche..> Cantor spegne il monitor, ha l'aria perplessa. Val lo osserva per un po'. Quindi dice:<< Cosa ne pensa,Professore?>>. Cantor prende la sua pipa dalla scrivania. L'accende e comincia a fumare. Poi dice:<< Il fenomeno dei sintomi a bordo legati alla qualità dell'aria non è un fatto raro: esso dipende dalla ricircolazione dell'aria stessa, che, immessa dall'esterno, viene riciclata con sistemi a circuito chiuso. Quando si è in viaggio si respirano particelle d'ozono e ossigeno a bassa pressione aerei ai quali si aggiungono i residui di oli idraulici e di benzina, virus, batteri e tracce di pesticidi spruzzati nelle cabine. Ma..>>

<< Ma..>> il tecnico di laboratorio, ancora presente nella stanza, incalza il Professore.

<< Non credo però si tratti di un normale incidente. Quell'aereo era sparito troppo in fretta dal cielo, per poi riapparire misteriosamente nemmeno un'ora

dopo.. E quelle immagini della tv erano di repertorio.. Questi particolari della vicenda non hanno fatto altro che rafforzare la mia convinzione di prima, e cioè che dietro questo misterioso incidente, ci sia la mano di Landar..Val , allora, te la senti di volare fino a Malone City con il tuo piccolo caccia per verificare la situazione?>>

<< Certo, Professore.>>

<< Atterrerai in un campo di grano, poco distante dall'aeroporto, per non destare sospetti. Il nostro ufficio amministrativo è già al lavoro per prepararti delle carte speciali, un'identità fittizia che ti permetterà di entrare e restare in quella città-almeno per un po'- senza problemi. Una volta all'interno dell'aeroporto, ti dirigerai immediatamente dal dottor Tes, responsabile medico dell'area: è un mio amico, e ti darà tutto l'appoggio necessario per le tue indagini. Ora va a prepararti. Buona fortuna, ragazzo.>>

<< Bene, l'atterraggio si è svolto senza problemi. Da qui riesco a distinguere chiaramente la struttura e la torre di controllo dell'aeroporto. Ora passo alla fase due dell'operazione, Professore. Chiudo la comunicazione, mi metto in marcia. A presto.>> Il jet Calt è circondato da grandi cespugli e rami d'albero che ne mimetizzano la presenza sul campo. Val avanza tra le piante di grano, spruzzando della vernice verde luminosa su alcuni piccoli arbusti circostanti al piccolo jet, così da poterlo localizzare

più facilmente. Anche se ha il suo segnalatore, posto nell'orologio da polso, preferisce non correre rischi e affidarsi ai vecchi metodi da soldato di "confine".

Val si è cambiato nel campo. Ora è sulla strada e cammina sicuro, indossando abiti da civile: una speciale tunica azzurrina- quelle bianche sono riservate agli abitati di White city- ed elastica che gli permette di arrivare fin dentro all'aeroporto senza problemi. L'aria è tesa all'interno, ma Val ha una missione da compiere e senza pensarci un attimo, si dirige negli uffici sanitari della struttura. Viene immediatamente fermato da un uomo in divisa blu, un militare che gli dice, in tono cordiale ma deciso:

<< Dove sta andando?>>

Val estrae un tesserino dalla sua tunica e lo mostra al militare.

<< Mi chiamo Pozius. Sono un ricercatore di White City e sono venuto a fornire assistenza, su richiesta del Professor Tes.>>

<< Bene, bene, vedo che i suoi documenti sono in regola. Ora le chiamo subito il Professor Tes. Attenda un momento.>>

Val è preoccupato. Si guarda intorno, l'aria è tesa e strana: c'è troppo silenzio per un aeroporto di una grande città. Inoltre ha notato che la guardia che lo ha fermato aveva gli occhi rossi, come se fossero iniettati di sangue. Arriva anche il Professor Tes: anche lui ha gli occhi rossi e si muove lentamente, ma è gentilissimo negli atteggiamenti. Intanto il militare è andato via. Tes saluta il suo ospite:<< Aah, benvenuto. Vedo dai documenti che lei è un collaboratore del Professor Cantor, un mio carissimo collega.. Lei è qui per darci una mano, deve capire che cosa è successo all'airbus 330, non è vero?>>

<< Si, certo. Sto cercando un passeggero di quel volo, il Professor Fabias, è qui?>>

<< Il Professor Fabias, dice? Certo, è qui. Sta ultimando dei controlli, solo delle formalità.. tra poco lo lasceremo andare via. Che ne dice di raggiungerlo nell'area quattro?>> Val è sempre più teso e nervoso, ma decide di seguire Tes nell'area quattro. Le luci del corridoio sono basse, ma il ragazzo riesce a scorgere nitidamente degli strani insetti ,che si muovono lentamente lungo le cornici delle piccole vetrate sul muro. I due uomini arrivano all'area quattro, un grande hangar dove è custodito l'airbus 330 con un gruppo di passeggeri raccolti in cerchio, poco distanti dall'aeromobile. Val si ferma, è confuso:<< Che diavolo fanno? Guardano in basso.. perché?>> pensa. Poi guarda Tes, che gli dice, impassibile:<< Proceda pure, Fabias è in quel gruppo.>> Val si avvicina al gruppo con cautela; gli uomini alzano la testa, e solo uno di loro, in giacca e cravatta, si volta verso il ragazzo:<< Cercavi me?>> il Professor Fabias ha gli occhi rossi e i denti aguzzi, come quelli di un vampiro pronto a succhiare il sangue della sua vittima. Val, seppur spaventato, riesce a notare un particolare, orrendo ma

importante: uno di quegli strani insetti che aveva visto sulle vetrate del corridoio, pochi minuti prima, si sta muovendo all'interno dell'orecchio sinistro del Professore. Fabias si avvicina sempre più minaccioso. Val indietreggia verso l'uscita, dicendo:<< Non si avvicini!>> ma Fabias cerca di morderlo al collo. Il ragazzo lo allontana con un calcio, poi si dà alla fuga. Attraversa il corridoio a gran velocità: gli insetti si sono moltiplicati rapidamente e stanno per invadere l'intero aeroporto. Con grande abilità, distrugge gli insetti che lo attaccano-saltando dai muri e dai corrimano- con la sua pistola laser, che riponeva nascosta sotto la tunica da cittadino. Val fa appena in tempo a salvarsi, raggiungendo di corsa il campo di grano al di là delle strade transennate: un gruppo di militari, inviati dal Governo Centrale, sta per far saltare in aria l'intera struttura. L'ufficiale preposto all'incarico e il suo aiutante sono-insieme ad altri militari- nell'area di sicurezza. L'ufficiale dà l'ordine al sergente, suo aiutante. L'uomo pigia il bottone rosso del telecomando. L'esplosione è potentissima, e dell'aeroporto di Malone City non rimangono che macerie.

<< Era una misura necessaria. Estrema , ma necessaria>>- commenta serafico l'ufficiale, mentre il sergente ha ancora gli occhi sbarrati sul fumo e i detriti bollenti che rotolano sulla strada, a poche centinaia di metri dalla loro postazione di sicurezza. L'ufficiale responsabile si mette in contatto radio con il quartier generale:<< Ordine eseguito. Il

pericolo del contagio è stato scongiurato.>> Poi abbassa il suo ricevitore e aggiunge, guardando il fumo e le macerie:<< Bene, sergente. Ora viene la parte più difficile: ripulire l'intera area..>>

Laboratorio di Ricerca e Sperimentazione, area sud di Banta.

<< Ce l'ho fatta per miracolo, Professore. I militari hanno fatto esplodere l'intero aeroporto. Un minuto ancora lì dentro e non sarei qui a raccontarglielo.>>

<< Per fortuna sei vivo, Val. Purtroppo Fabias non ce l'ha fatta. Abbiamo delle riprese della zona circostante all'aeroporto. Guardale sul monitor.. guarda quella collina nel fotogramma, lì, oltre il campo di grano..>>

<< Sì, Professore, vedo una grande ombra, ha una sagoma strana..>>

<< ora zoomiamo sulla cima della collina: ecco, è uno dei Grenzeriani, è enorme e possente, dall'aspetto terrificante. Uno dei guerrieri di Landar.>>

<< C'è sicuramente lui dietro l'operazione degli insetti assassini: ha gli stessi occhi malefici e rossi che avevano le povere vittime inconsapevoli dell'aeroporto..>>

<< Già..>>

<< Ed ora come faremo con il progetto di potenziamento del Brazer?>>

<< Purtroppo abbiamo perduto un grande uomo e un eccellente scienziato. Il Professor Fabias è insostituibile, però..>>

<< Che vuol dire, Professore?>>

<< Ti ricordi di Teo Fabias?>>

<< Sì, è il figlio del Professore, lo conoscevo bene, un tempo..>>

<< Anche lui, come il padre, ha studiato cibernetica. E' molto bravo, e proseguirà lui il lavoro che abbiamo cominciato con il padre.>>

<< Bene. E' anche un tipo simpatico, non ha l'aria del secchione saccente. L'ho conosciuto diversi anni fa, ai tempi della scuola, e mi sono subito sentito a mio agio con lui. Sarà un piacere rivederlo.>>

<< Maledizione, ma dove è finito Val? Quel ragazzo non me la racconta giusta!>> Vitor è nella stalla a lavorare: sta raccogliendo lo sterco di mucca e gradirebbe volentieri l'aiuto del suo giovane amico-<<.. Sembra così riservato, silenzioso e tranquillo e senza grilli per la testa, eppure sono convinto che mi nasconde qualcosa e..Accidenti, che cosa ho fatto!>> il suo piede sinistro finisce nella melma, sporcandolo fino alla caviglia. Per la rabbia, prende a calci il secchio che ha davanti. La latta rimbalza sul muro e finisce sulla testa coprendogliela di sterco:<< Maledetto! Maledetto ragazzo! Appena torna, faremo i conti! Me la pagherà, oh sì, me la pagherà!>>

Il Professor Cantor attraversa il corridoio del livello quattro. Le forti luci al neon infastidiscono un po' l'uomo, che affretta il passo per raggiungere la stanza delle simulazioni. All'interno , Val ed un tecnico di laboratorio stanno terminando l'esercitazione al simulatore di volo. Il Professore entra nella stanza, saluta il tecnico poi si avvicina al ragazzo, mentre sta uscendo dalla cabina .

<< Allora come va?>>

<< Bene, Professore. L'esercitazione al simulatore procede senza difficoltà di rilievo. Mi sto abituando alle nuove velocità.. E la sua realizzazione del nuovo progetto?>>

<< Ed anche per questo che sono qui. E'appena arrivato il figlio del Professor Fabias, Teo Fabias.

Che ne diresti di salire nella sala operativa per un saluto?>>

<< Certo. Ne sono molto contento. Sarò da voi tra pochi minuti.>>

Nella sala operativa del Laboratorio di Difesa e Ricerca c'è molto fermento: l'arrivo di Teo Fabias ha scosso gli animi degli scienziati che un tempo lavoravano con suo padre. Sono tutti intorno al giovane- vicino alle vetrate centrali della sala operativa- e non c'è possibilità che egli veda Val, che è rimasto al centro della sala, in attesa che si apra un varco e possa così raggiungere il suo vecchio amico per salutarlo. Il Professor Cantor entra nella sala e si avvicina a Val,e, posandogli amichevolmente una mano sulla spalla, gli dice:<< Perché non ti fai avanti Val? Vuoi che ci pensi io?>> il ragazzo è imbarazzato ed il Professore se ne rende subito conto. Richiama subito all'ordine i suoi colleghi dicendo loro:<< Bene ragazzi, lasciatelo respirare un attimo.. Ehi Teo, guarda chi ti ho portato!>> Finalmente Val si trova faccia a faccia con il vecchio amico.

<< Val! Da quanto tempo!>>

<< Ciao Teo. E' un piacere rivederti!>> Val si guarda intorno, un po' imbarazzato: i due hanno gli occhi dell'intera comitiva di scienziati puntati contro. Cantor capisce la situazione ed ordina ai suoi di tornare al lavoro. Val invita Teo sul grande terrazzo del Laboratorio. La giornata è splendida, e i due posano lo sguardo sulle colline circostanti

irradiate dal sole. Un breve silenzio, poi Val prende coraggio e dice:

<< Vorrei che.. Che sapessi che mi è stato impossibile salvare tuo padre e..>>

<< Non dire più niente. Tu non hai responsabilità. Cantor mi ha già raccontato tutto. Il destino di mio padre e degli altri passeggeri era segnato. Purtroppo, finché ci sarà questa guerra, nessuno di noi potrà mai essere al sicuro.. Specialmente noi "Cittadini"..>>

<< Già.. Ha proposito,ho saputo che ti sei ambientato molto bene.. Ho saputo che ti sei sposato e che sei diventato padre di due bambini. La vita di città non deve essere tanto male!>>

<< E' vero, mi sono sposato e sono diventato padre per ben due volte. Sai bene però che la nostra vita di cittadini, seppur agiata rispetto alla vostra, si svolge sotto la tirannia del Governo Centrale, che usa l'esercito come un bulldog pronto a mordere chiunque disubbidisca al loro "Credo" e al loro sistema di vita. Per questo ho deciso di aiutarvi, collaborando ai progetti del Professor Cantor. Il nostro sogno è quello di una società libera, libera dagli attacchi dei Grenzeriani e dalla tirannia del Governo Centrale.>>

<< Certo.>>

<< Sì. Lo voleva mio padre, prima di me. E adesso io, insieme al Professor Cantor. Non possiamo lasciare il suo lavoro incompiuto.>> Val stringe la

mano a Fabias, poi si congeda:<< Bene. Ora devo andare alla fattoria. Vitor il "brontolone" mi prenderà a legnate, sono ore che manco dal lavoro.. Ci rivedremo presto, così magari parleremo anche dei vecchi tempi. Che ne dici?>>

<< Non vedo l' ora. Adesso torno anch'io all'interno. Devo ultimare il mio progetto: molto presto potrai utilizzare le nuove ali.>>

Vitor ed il piccolo Dan stanno preparando la tavola per il pranzo. Val entra nella cucina senza farsi vedere. Si lava le mani e prende piatti e posate da sistemare sulla tavola, poi entra nella sala e saluta i due amici con un cenno del capo. Vitor e- come al solito- di pessimo umore e gli dice:<< Non penserai di cavartela portando a spasso un paio di piatti! Dove sei stato finora? Qui abbiamo sgobbato tutta la mattina!>>

<< Oh, mi dispiace Vitor, ma ho dovuto incontrare della gente..>>

<< Chi hai dovuto incontrare? Lo sai che il tuo lavoro viene prima di tutto!>>

<< Dovevo incontrare il mio fornitore clandestino di pezzi di ricambio, per la mia motocicletta. Lo sai quanto costa far arrivare i pezzi originali dalla città!>>

<< Benissimo. Non hai lavorato stamattina? Faticherai nel pomeriggio. Oggi niente riposino, è

chiaro! E adesso finisci di sistemare quei piatti, lavativo!>>

Val ha dovuto sistemare le balle di fieno , nel prato sud della fattoria, da solo, sotto il sole di rame del primo pomeriggio. La stanchezza però, non è tale da impedirgli di divagarsi, naturalmente alla sua solita maniera. Si allontana dalla fattoria con la sua valigetta e la sistema vicino ad alcuni pini. Raccoglie da terra un bastone di legno e comincia a farlo ruotare, mentre gironzola per la radura , improvvisando con la voce:<< One time so.. Vo da da.. Low fly and go wuoooooo da-da..>> poi torna indietro e , continuando a cantare, apre la valigetta e monta il suo sax. Pochi minuti dopo, comincia a soffiare nell'ottone con vigore, un coinvolgente motivo jazz. Con nessuno intorno, Val può suonare e improvvisare tranquillo, fino al calar della sera.

L'IMPERATORE

Pianeta Grenzer. La voce tonante del Signore della Terra Purpurea provoca delle vibrazioni, che scuotono il terreno e generano dei crateri nel suolo:

<< Muzar! Muzar!>>

Il terribile guerriero dagli occhi rossi, Muzar, sorride al suo Signore. La sua bocca mostra degli affilati canini, così come sono affilate le unghia delle sue mani, simili a quelle di un corvo. Impugna un'enorme lancia, nella mano destra, che utilizza come arma assassina nei suoi combattimenti più cruenti. Chiede al suo Signore:<< Mi dica, Imperatore. Sono a sua disposizione.>>

<< Muzar, tu sei il migliore dei miei comandanti. Conto su di te per la riuscita della conquista della Terra. Come si sta comportando Landar?>>

<< Mantiene il controllo del territorio. Tuttavia non riusciamo a guadagnare posizioni strategiche di rilievo>>

<< E a proposito della tua missione a Malone City, che mi puoi dire?>>

<< E' stato un successo, mio Signore. Gli stessi uomini dell'esercito terrestre hanno distrutto l'intero aeroporto con tutti i passeggeri, compreso lo stesso Fabias.>>

<< Terrestri che uccidono altri terrestri.. Eccellente, Muzar. Ora che il Brazer non potrà più essere potenziato, ne approfitteremo per scagliargli contro uno dei nostri mostri alati, fortissimi nei combattimenti aerei. Muzar! Affido a te l' onore di questa battaglia!>> Le pareti di pietra della montagna nera-un altro dei simboli dell'Impero- si schiudono alle spalle dell'Imperatore: fumo e fiamme invadono lo spazio circostante, provocate dal drago-robot dalle grandi ali a forma di pipistrello. Il drago vola ai piedi dell'imperatore, e la sua bocca di fuoco si chiude, placandosi in pochi istanti.

<< Muzar! Ecco il mostro-robot, il drago volante Goros. Sarai tu personalmente, a guidarlo verso la vittoria finale. Attacca il Laboratorio di Ricerca!>>

<< Sarà fatto, mio Signore. Non la deluderò.>>

<<Che diavolo succede Dan? Vuoi lasciare in pace quell'asinello? Oggi rischi davvero grosso, lo sai?>> Vitor sventola minaccioso, contro il piccolo Dan, la sua mazza di legno da "passeggio".

<< Che vuoi dire papà?>>-dice Dan ridendo-<< Che potrei prendere una zoccolata?>>

<< Nooo! Che potresti rimediare un calcione dal sottoscritto, che è anche peggio! Fila via di lì!>>

<< Va bene, papà, però non ti scaldare! Andiamo , Mia!>> La piccola Mia sorride. Ha in mano la sua

bambola di pezza ed è felice, pronta a seguire il suo amichetto nello spazio verde dove giocano e danzano spesso, durante le feste organizzate da Vitor. Ci sono diverse nuvole nel cielo, ed il vento comincia a spirare con una certa intensità. Il cielo si fa scuro e sulle fattorie della zona cala un silenzio improvviso, quasi irreale. Vitor ha fiutato qualcosa . Lo sguardo sembra perso tra le nuvole, mentre Dan e Mia lo osservano meravigliati. L'uomo parla a sé stesso, a voce alta:<< Cos'è quel puntino là in mezzo alle nuvole? Sembra ingrandirsi sempre di più.. E' un disco volante AAAAHH!>> poi sviene per lo spavento. Il piccolo Dan si accorge della strana presenza nel cielo, e cerca di far rinvenire il padre:<< Sveglia papà, non è il momento di svenire! Forza alzati!>> Ma l'uomo non rinviene. Dan comincia a schiaffeggiarlo. Il trattamento sembra funzionare: a poco a poco, Vitor riprende sensi.<< Come osi schiaffeggiare tuo padre? Io..>> Dan lo prende per la tuta e gli indica il cielo:<< Guarda là, c' è un mostro alato nel cielo, che vola spedito verso la fattoria!>> Vitor si mette subito in piedi, prende per mano i due ragazzini e comincia a correre:<< Presto, presto! Tutti al rifugio, tutti al rifugio!>> Vitor, Dan e Mia corrono verso il retro della fattoria, dove c'è una botola che conduce ad un nascondiglio sotterraneo, scavato tanto tempo prima da Vitor come rifugio antiatomico.

Il mostro alato scende in picchiata sulla fattoria, sfiora il tetto della casa di Vitor, compie una rapida virata e vola via verso est. Intanto, tra le alture circostanti, si profila un'altra figura dall'aspetto inquietante, : e' Muzar, in sella ad un enorme e deforme cavallo grigio, che osserva, orgoglioso , l'avanzata di Goros nel cielo. La bocca "di drago" di Muzar trattiene a stento la "fiamma mortifera dell'inferno", una delle sue armi più micidiali; il guerriero è pieno di orgoglio e dice, in tono solenne:<< Ora tocca a te Goros! Distruggi la Base, fai a pezzi il Brazer! Io ti sosterrò da terra, non lotterai da solo! Ah! Ah! Ah!>>

Il Laboratorio di Ricerca e Sperimentazione è già in allarme. I potenti radar hanno captato il mostro-guerriero. Val e Cantor sono nella sala operativa, davanti allo schermo centrale. Val è pronto a combattere. Chiede quindi al Professore:<< Allora, a che punto sono le nuove ali?>>

<< Dovrebbero essere pronte. Ora chiamo Fabias>>- il Professore preme un bottone sulla tastiera. Entra in comunicazione con il laboratorio del livello 3, dove si trova Fabias con tre dei suoi assistenti.

<< A che punto siete, Fabias? Il mostro alato di Landar sarà qui tra pochi minuti.>>

<< Ci siamo quasi, Professore. Un'altra ora di pazienza. I tecnici stanno finendo di montare gli ultimi componenti. Non possiamo andare più veloci di così.>>

<< Capisco. Finite pure il lavoro. Non appena sarete pronti, mettetevi in contatto con la sala operativa.>> Click! *(chiude la comunicazione radio)*

Val fissa negli occhi il Professore. Sembra assorto nei suoi pensieri, ancora indeciso sul da farsi. Val interrompe il suo torpore dicendogli:<< Che facciamo? Il mostro è quasi vicino alla Base.. E' arrivato il momento di entrare in azione!>>

<< Sì, hai ragione, non possiamo permettergli di distruggere il nostro Istituto.. Solo che il Brazer è molto più lento di quella specie di drago dei cieli..>>

<< Forse è così. Ma cercherò di tenerlo a bada, almeno fino a quando non saranno pronte le nuove ali.>>

<< Sì. Una volta pronte, te le lanceremo con la rampa che utilizziamo per i missili di difesa.>>

<< Bene. Ci vediamo più tardi, Professore.>>

Val corre veloce fino alla saletta vicina, per cambiarsi. Indossa quindi la sua tuta spaziale da combattimento, il casco bianco e i guanti di protezione. Ora è pronto per pilotare il Brazer.

Le truppe a cavallo, guidate da Muzar, sono giunte fino alla corona di colline: le solide pareti di roccia non lo intimoriscono. Il Guerriero sferra la sua enorme lancia, che penetra nella parete. La crepa si allarga rapidamente, formando della ampie diramazioni. Le potenti trivelle spaziali dell'esercito fanno il resto: in pochi minuti viene scavata una galleria. I mezzi blindati avanzano, spazzando via le macerie . Le truppe a cavallo possono così entrare nella galleria per attraversarla.

L'esercito di Muzar penetra nella valle che ospita il Laboratorio. Presto però, è costretto a fermarsi: Cantor ha attivato le mine nascoste nel terreno e le barriere di roccia e acciaio che proteggono il Laboratorio a corta distanza. I mezzi blindati hanno captato le mine e provano a colpire la barriera con i loro cannoni, ma riescono solo a scalfirla.

<< Per il momento resisteremo..>> il Professor Cantor osserva l'attacco al Laboratorio dal monitor centrale della sala operativa. Gli assistenti sono dietro di lui, in attesa di disposizioni. Cantor continua:<< La speciale superlega con cui è costruita la barriera terrà. Speriamo solo che Fabias finisca in tempo.. Ora avanti con i laser!>> Il muro protettivo nasconde delle fessure, delle feritoie da cui vengono sparati , con fucili guidati dal computer della sala operativa, raggi laser che colpiscono e uccidono i

soldati della cavalleria. Muzar alza il suo scudo e urla ai suoi:<< Non indietreggiate! Copertura dietro i blindati!>> i soldati trovano riparo dietro ai carri motorizzati. Muzar ordina ancora :<< Mantenete la posizione, fuoco con i cannoni!>>

Il Brazer e Goros sono faccia a faccia: il mostro alato si scaglia immediatamente contro l'avversario, la sua bocca sputa un fluido corrosivo a raffica, ma il Brazer volteggia sopra di lui, fino ad arrivargli alle spalle. Il grande robot blocca le ali del mostro, provando a spezzargliele. La pelle squamosa di Goros incomincia ad ammorbidirsi: riesce a mutarne la consistenza , e a poco a poco, a riempirla di un liquido untuoso che sblocca la presa del robot. Goros ne approfitta per voltarsi e sputargli contro un getto di fuoco, prima di allontanarsi a grande velocità. Poi ferma il suo volo e fissa l' avversario in segno di sfida. Val prova con i missili: dai fianchi del robot vengono sparati dei potenti razzi esplosivi, che però vengono evitati con grande abilità. La velocità dei missili è tale da poterne scagliare cinquanta nello spazio di cinque secondi, eppure nemmeno uno di loro riesce a centrare il mostro. Goros contrattacca: le sue unghie esplosive vengono lanciate contro il Brazer, che si ripara schermandosi dietro le possenti braccia. Val prova a mettersi in contatto con la Base operativa:<< Professore, Professore.. Ho bisogno delle nuove ali! Siete pronti per il lancio? Boom*(Val sente il rumore delle esplosioni diffuso dai computer e monitor della sala operativa)*! Ma cosa succede, laggiù?>>

<< Sei un po' distante dal nostro spazio aereo.. qui siamo sotto attacco: uno dei Comandanti del Pianeta Purpureo è riuscito a penetrare oltre le colline e a raggiungere il Laboratorio. Non preoccuparti per noi, riusciamo a cavarcela. Ora ti invieremo le ali, però prima devi uscire dalla traiettoria di fuoco del mostro.>>

<< Certo, Professore! Tenetevi pronti!>>

Il Brazer si allontana dall'area nord del Laboratorio, e vola oltre la corona di colline, tirandosi dietro Goros, che continua a spargli contro i suoi artigli esplosivi. Il robot raggiunge un costone di roccia, penetrando in un antro e sparando al suo interno. Goros lo segue ma rimane incastrato: le sue grandi ali lo bloccano all'ingresso. Il Brazer è uscito dalla parte opposta dell'antro. Inverte la rotta , dirigendosi a grande velocità verso il Laboratorio. Apre il contatto con la sala operativa:<< Professore, mi sto avvicinando alla Base. Mi vedete sui vostri monitor?>>

<< Sì, Val. Siamo pronti con le coordinate di lancio.. Preparati all'agganciamento!>> L'Ultra Sky Jet decolla dalla rampa di lancio-missili del Laboratorio. Raggiunge in un lampo il Brazer, che con una rapida giravolta si aggancia alle nuove ali. Intanto Goros utilizza ancora una volta le sue capacità di trasformazione per uscire dall'antro. Le sue grandi ali diminuiscono le loro dimensioni. Riesce quindi ad uscire dalla trappola ordita da Val. Un violento e vibrante ruggito, prima di tornare alle fattezze

originali e riprendere il volo verso il Laboratorio. Le "strade" dei due "guerrieri" dell'aria si incrociano presto. Goros tenta di investirlo con il suo "fascio di fuoco", ma è inutile: gli spostamenti del Brazer sono rapidissimi, e il robot si spinge sempre più in alto, lasciando che Goros lo segua. I razzi dell'Ultra Sky Jet spingono il robot oltre l'atmosfera terrestre. Il drago volante invece –a quelle latitudini-comincia a perdere potenza. Val sferra il suo attacco con i raggi alfa disintegranti, colpendo in pieno le ali del mostro alato. Goros precipita e il Brazer lo segue nella discesa per infliggergli il colpo di grazia: estrae le sue spade- le lame distruttrici, e gliele scaglia contro , trafiggendolo mortalmente. Il mostro si disintegra nelle pianure deserte dell'area ovest di Banta.

Muzar sa che Goros è stato annientato dal Brazer: ha visto l'esplosione ad ovest ed il robot volare verso il Laboratorio. La situazione è ormai compromessa,anche perché Cantor e suoi non danno segni di cedimento. Decide per la ritirata:<< Non siamo più in grado di affrontare il nemico! Torniamo indietro!>>

Val non ha tolto nemmeno la tuta da combattimento: ha raggiunto Fabias e i suoi assistenti al livelli quattro del Laboratorio.

<< Teo, avete svolto un lavoro formidabile: grazie a voi- e al Professor Cantor, naturalmente- siamo riusciti a sconfiggere quel temibilissimo mostro alato. Non so che altro dire.>>

<< Non dire niente>>-risponde tranquillo Fabias-<< Abbiamo solo fatto il nostro dovere. Ora torniamo subito al lavoro per mettere a punto delle cose rimaste ancora in sospeso, poi tornerò in città.>>

<< Già, la città, è da un po' che non ne sento parlare..>>

<< La situazione la conosci. Il Governo ha schierato diversi minirobot su delle zone "calde" del confine, ma sai anche tu che non sono sufficienti contro le truppe e i robot Gordat di Landar.. Però il Governo si attribuisce il merito di vittorie fondamentali che non gli spettano, come quelle che hai ottenuto tu oggi e..>>

<< Lasciali fare. Sono sicuro che non durerà a lungo..>>

<< So cosa vuoi dirmi. Il tuo è un discorso più ampio: la loro tirannia non può durare per sempre. Ma ora il nostro nemico principale è Landar e tutti gli invasori del Pianeta Purpureo, non dimenticarlo.>>

<< Già, Landar e i suoi..>>

POZIER, IL ROBOT DEL RISCATTO

Il Signore della Terra Purpurea, l'Imperatore Argar, è adirato: sono presenti, al suo cospetto, i suoi due comandanti più importanti: Landar e Muzar.

<< Sono molto deluso, Muzar>>- Argar mostra ai suoi un grande anello, poi protende la mano verso il "grande fuoco"-senza che esso la intacchi minimamente- per gettarci dentro l'amuleto.

<< Noo, perché lo ha fatto, Signore..>> Muzar è in ginocchio dinnanzi ad Argar. L'imperatore gli dice, severo:<< Quell'anello, che testimoniava il giuramento di fedeltà nei miei confronti, ed a cui io avevo attribuito virtù magiche, non esiste più. Tu, avevi giurato di obbedire al tuo Imperatore.. Con la tua sconfitta, hai disobbedito e disonorato me e l'intero Pianeta Purpureo!>>

<< Signore io..>>

<< Silenzio! Per colpa tua anche Goros è morto!>> Muzar si prostra davanti al suo Imperatore. Landar assiste senza battere ciglio. Argar chiude gli occhi, sembra volersi concentrare. Dopo pochi attimi li riapre e fissando Muzar, gli dice:<< Voglio darti un'altra possibilità: collabora con Landar.>>

<<Ma..>>

<< Non ci sono "ma", l'alternativa è la morte! Ti consiglio di ubbidire! Dovrete combinare un doppio attacco: uno partirà dalla Terra e l'altro dal cielo. Tu

Muzar, ti occuperai della battaglia terrestre, al resto penserà Landar..>>

<< E' arrivato il nostro momento!>> Luis è su di giri. Vicino a lui, c'è Ponzo, che siede stremato nei pressi del vecchio silo ormai in disuso. Guarda il "capo" con aria stranita e gli dice:<< Signore, vuoi dire che finalmente è arrivato il momento di mangiare?>>

<< Stupido idiota, possibile che non pensi ad altro?>>

<< Ma sono tre giorni e tre notti che lavoriamo senza sosta. Non sarebbe ora di una bella pizza o quantomeno di un succulento panino?>>

<< Non c'è tempo per queste bazzecole.>>

<< Capo, io non ti capisco.>>

<< Guardami negli occhi, Ponzo.>>

Ponzo è accecato dalla fame. Scambia gli occhi di Luis per due uova al tegamino. Salta addosso all'amico per "papparselo", ma Luis lo colpisce con un pugno leggero allo stomaco. Così Ponzo torna subito in sé.

<< Ora mi capisci Ponzo?>> Ponzo cade a terra, affranto e stremato per la fame. Alza la testa soltanto per un cenno di affermazione. Poi torna giù, con gli occhi sbarrati da ebete. Luis parla a voce alta, come

se fosse dinnanzi ad un vasto pubblico. C'è però solo Ponzo, a terra, con lo sguardo perso nel vuoto.

<<.. Per troppo tempo..>>-dice Luis-<< Per troppo tempo siamo stati relegati a ruolo di mere comparse, bistrattati dalla società, allontanati dalla vita civile..>>- poi guarda Ponzo che ha ancora l'aria "assente", l'occhio pallato da ebete, e prosegue:-<< Mi spiego meglio- il nostro ruolo nella società è sempre stato assimilabile a quello del facchino, del servitore. Sgobbiamo nei campi per loro, e loro se ne fregano di noi. Ci lasciano vivere qui, soltanto perché gli serviamo. Per questo dobbiamo prendere coscienza della nostra forza e agire! Saremo noi, gli intrepidi che si batteranno per primi! Ora! Dobbiamo effettuare il collaudo! Svegliateviiiiiiiiii, voi del popolo!>> Ma Ponzo non si muove dal prato. Luis corre con un secchio d'acqua gelata e lo versa in faccia all'amico. Finalmente Ponzo si sveglia.

<< Bravo, capo, bel discorso davvero!>>

<< Muoviti pelandrone! Andiamo alla gru.>>

<< Bene , capo.>> Ponzo, ancora stordito, si muove come uno zombie. I due però, riescono ad arrivare alla gru. Luis sale nella pala della gru, Ponzo entra nella cabina di pilotaggio. Il "Signore" urla, voltandosi verso la cabina:<< Avanti, fammi salire, fino agli occhi del robot!>> Ponzo inizia la manovra. Il braccio della pala arriva fino alla testa del robot Pozier, ad una altezza di dodici metri. Ma Ponzo sbaglia la manovra e la pala finisce per impattare contro la testa dell'automa. Luis va su tutte le

furie:<< Maledetto idiota! Che combini! Infilati un hamburger in bocca e agisci come si deve!>> Ponzo continua con le sue manovre. Dopo breve incertezza, riesce finalmente a portare il "capo" a destinazione". Luis riesce ad entrare nel robot, attraverso un'entrata mobile aperta, parte integrante dell'occhio sinistro del Pozier. Poi siede su un sedile di pelle, chiude la vetrata e inserisce una chiave dalla punta mozza in un rettangolo di metallo, che funge da quadro comandi, e accende il Pozier. Ponzo, preoccupato dalle "abilità" di manovra del capo, fugge via dalla cabina della gru. Il Pozier compie i suoi primi passi, puntando verso nord:<< Guarda quel fumo laggiù, Ponzo! C'è guerra nelle terre di confine! Pronti per la prima battaglia! >> il Pozier allunga le sue braccia telescopiche sulla terra. Ponzo salta sul palmo della mano del robot, che ritira le sue braccia, portando il ragazzo fino alla testa e quindi nella plancia di comando dove lo attende Luis. Ora i due ragazzi sono insieme, a bordo del Pozier, pronti ad entrare nelle terre del nord.

Nord est di White City, zona di confine. Le truppe Terrestri indietreggiano, così come i mini-robot aggregati, dinnanzi all'attacco massiccio delle truppe di Landar. I loro carro armati e i loro mini-robot Gordat sono decisamente più forti. I continui bombardamenti dell'artiglieria dell'esercito di Landar stanno fiaccando anche l'ultima linea di difesa di confine. Gli alti ufficiali sono nel panico, chiamano in continuazione il comando, per sollecitare l'invio di rinforzi. Improvvisamente, un forte rumore metallico, meccanico, accompagna i passi lenti e pesanti di un nuovo robot:è il Pozier, che avanza senza paura tra i carri armati e i mini-robot in combattimento, e che si mostra con la sua goffa imponenza- i minirobot raggiungono un'altezza massima di 4,5 metri, mentre il Pozier arriva ai 12-lasciando i combattenti interdetti.I soldati di Landar si riprendono subito e indirizzano i loro fucili laser contro la "creatura" Pozier, che si chiude a riccio. Luis preme un bottone sul quadro comandi ed il robot si riveste rapidamente di una speciale corazza metallica, resistente al fuoco nemico. Dopo il primo attacco subìto, torna nella sua posizione naturale e comincia a sputare un liquido acido contro i carro armati e i minirobot avversari, distruggendoli. Uno degli ufficiali sul campo di Landar, il capitano Terol, chiama la Base sul Pianeta Purpureo. Intanto il Pozier si dà da fare con le altre armi da combattimento: l'addome si apre, e una molla in acciaio armonico spinge al di fuori del robot un bastone ferrato, che Pozier afferra al volo per colpire il nemico. L'attacco ha successo e diversi carro armati minirobot vengono spazzati via e ridotti a rottami. Il Pozier riesce a respingere le truppe aliene oltre il confine. Riesce addirittura ad entrare nelle terre occupate dalle truppe di Landar. Lì, a pochi passi dal confine, è costretto a fermarsi: in pochi secondi viene accerchiato dai carro armati delle retrovie comandate dal capitano Terol. I minirobot alieni Gordat fanno fuoco con i loro laser distruttori e al Pozier non rimane che chiudersi a riccio riparandosi dietro la sua corazza speciale. L'attacco però viene anche dal cielo: un nuovo mostro atterra proprio davanti al Pozier.Ha le sembianze di uno scheletro, con delle lamine d'acciaio appuntite sul cranio che emettono delle scosse elettriche. Con le sue mani affilate graffia la corazza del Pozier, poi sgancia dal bacino una catena di "ossa" e comincia frustarlo. La cabina di pilotaggio prende a scuotersi con rapide oscillazioni e Luis, attaccato alla sedia, si accomiata da Ponzo:<< Addio, amico mio.. Ormai siamo spacciati. Diciamo insieme le nostre ultime preghiere.. oppure prega da solo, fai come ti pare!>>

Dal cielo però, arriva un altro Robot imponente: è il Brazer. I carro armati di Terol e i Gordat cominciano a sparare, ma non riescono a centrarlo: il robot è velocissimo ed evita i colpi, cambia velocità e traiettoria, per poi abbassarsi e sfiorarli in segno di scherno e sfida. Il Brazer riprende quota, poi scende in picchiata sulla zona del combattimento tra robot. Con un calcio allontana lo "scheletro" dal Pozier, che ritorna nella sua posizione naturale e si allontana dal campo di battaglia. Il comandante Terol incita, dalla radio del suo blindato, il robot-scheletro:<< Lanfilames, Lanfilames Attacca il Brazer! E' lui il tuo vero nemico!>> Il robot-mostro punta le sue mani contro l'avversario, e dalle sue dita partono degli anelli esplosivi che colpiscono il petto del Brazer, facendolo vacillare. Il robot guerriero però, impiega pochi secondi a tornare saldo nella sua posizione. E' il suo turno di stendere i pugni: dal dorso delle sue mani vengono scagliati i raggi alfa disintegranti, che però vengono respinti dalla catena di "ossa" con colpi decisi. Lanfilames lancia la sua catena , che si attorciglia al collo del Brazer. Il robot prova a liberarsi, sente che la catena stringe sempre di più, provocandogli anche delle scosse elettriche. Il mostro-guerriero ne approfitta per mordere il volto dell'avversario. Val non perde la calma, dice solo tra i denti:<< Maledizione.. ora basta!>> preme quindi un bottone rosso sotto la plancia di pilotaggio. Una forte scossa elettrica promana dal robot e in un attimo il Lanfilames e la sua catena vengono spazzati via. E' il momento del colpo di grazia con le lame distruttrici ,ma un'altra mano metallica blocca il pugno possente del Brazer. << Fermo! Vorrei essere io a finirlo!>> E' la voce di Luis, che attraverso il Pozier , esprime con deferenza ed orgoglio il desiderio di "finire" l'odiato avversario. Il Brazer lascia il campo libero al goffo robot: la sua asta ferrata viene scagliata a tutta forza contro il Lanfilames, che finisce in pezzi. Le sue ossa si spargono per tutto il campo di battaglia. Le truppe di Terol si ritirano sconfitte. Il "Pozier" grida al Brazer:<< Ti ringrazio, amico! Era una questione personale! Ora devo andare, devo rimettermi in sesto, tornare presto, pronto per la prossima battaglia! Addio!>> Val osserva andare via il Pozier. Malconcio e traballante, si dirige verso l'area rurale di Banta. Val pensa:<< Eppure quella voce non mi è nuova.. Davvero strano!>>

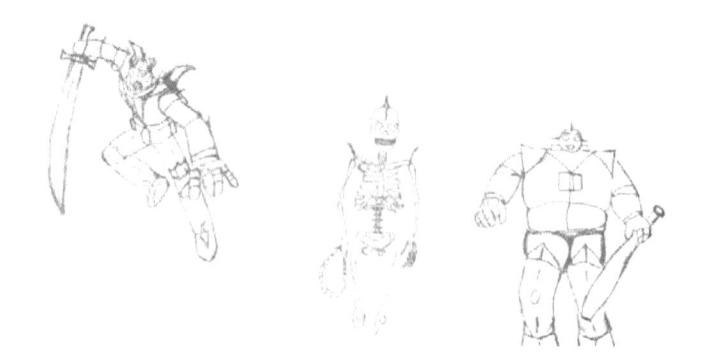

VILE ATTACCO

Palazzo del Governo Centrale. Città di White City. Il colonnello Siras sta tenendo, nella sala congressi, una riunione con i suoi ufficiali. E' seduto dietro un'imponente scrivania, con gli occhi fissi sui rapporti presentati dai suoi uomini. Il maggiore Siki, in piedi in prima fila, prende la parola:<< Signore, devo dirle che quello che è successo ieri al confine, ha davvero dell'incredibile..>> Siras alza gli occhi dalle carte, poi fissa gelidamente il suo interlocutore:<< Non c'è niente, più niente di incredibile al giorno d'oggi.. Mostri che ci attaccano dal cielo, robot e carri-trivella che ci minacciano dalla Terra.. alieni che vogliono prendersi tutto quello che abbiamo ricostruito dopo la guerra, e cioè l'intero pianeta abitato.. Sa dirmi cos'altro ci può essere di incredibile? Voialtri, ieri pomeriggio- ma anche in altre circostanze, a quanto mi risulta- siete stati salvati da una specie di pupazzo meccanico e da un robot misterioso piovuto dal cielo.>>

<< Signore, le truppe di Landar erano in numero superiore e la nostra riserva era..>>

<< Silenzio!>> Siras è adirato. Si rivolge all'intera platea. Ci sono dieci ufficiali, in piedi davanti a lui:<< Dovete scoprire, assolutamente, ed in tempi in brevi, la provenienza di quei due robot. E' chiaro che non vengono dal Pianeta Purpureo, o Pianeta Grenzer, o come diavolo si chiama. Dovete scoprire

dove si nascondono e requisirli. Avete idea di come cambierebbero le cose se li avessimo tra le mani? Vinceremmo anche questa, di guerra! Da troppo tempo, ormai, non entrate nelle terre coloniali per un'ispezione. Diramerò un comunicato alle altre sedi dell'area: voglio la massima collaborazione da tutti i reggimenti. Tenente Largo!>> Largo si fa avanti, sull'attenti, poi titubante, dice:<< Signore, il grosso delle truppe è dislocato al confine..>> il colonello Silas abbandona la sua scrivania e si avvicina al tenente. Sono faccia a faccia:<< Intende forse discutere i miei ordini, tenente?>>-<< Non mi permetterei mai, signore. Segnalerò immediatamente il problema ad uno dei miei collaboratori. Presto l'area rurale di Banta verrà ribaltata come un calzino.>>

Ponzo trascina a fatica un secchio colmo d'acqua. Deve dare da bere ad una mucca stanca che è rimasta lontana dal branco. Ponzo e Luis lavorano stabilmente nella fattoria gestita da Lotar, un anziano e permissivo signore che , prima della guerra nucleare, faceva l'avvocato in un piccolo centro cittadino dell'area di Banta. Luis arriva di corsa alla fattoria. Ha una chiave inglese in mano e tanto grasso sulle braccia e sulla faccia. Riprende fiato per un attimo, poi si rivolge al suo goffo amico, che ha posato a terra il secchio e lo guarda immobile e stupito:<< Ponzo, che diavolo fai con quel secchio? Abbiamo cose più importanti da fare! C'è il Pozier che..>> Ponzo si risveglia dal torpore e dice, con voce squillante:<< Che cosa è successo al Pozier, capo?>>

<< Niente. L'ho rimesso in sesto dopo la nostra ultima battaglia. Ma la cosa più importante, ora, è terminare le ultime modifiche. Ho bisogno del tuo aiuto.>>

<< Ma capo, chi darà da mangiare alle bestie?>>

<< Sei tu la bestia! Ma non capisci che abbiamo un compito più grande e importante.. ora lascia perdere quel secchio! Sarà Lotar ad occuparsene!>>

<< Ma Lotar non c'è adesso e le vacche..>> Luis strattona Ponzo,che fa resistenza. Luis lo lascia, e il grasso e grosso collaboratore inciampa nel secchio e rovescia l'acqua sulle gambe dell'amico. Poi gli dice, ghignando:<< Ehi, Luis, avevi proprio bisogno di un bel bagno! Ma che ne dici di sciacquarti anche la faccia? Sei tutto nero!>> Luis è adirato:<< Ora diventerai nero anche tu!>> quindi gli sferra un pugno in pieno volto, buttandolo a terra.

Luis è stato previdente: ha nascosto il Pozier in un letto di fiume abbandonato e dimenticato da tutti, ed ha portato con sé alcuni dei suoi arnesi per le riparazioni e le modifiche che sta apportando al robot. Alcune operazioni, però, richiedono l'utilizzo della gru e l'aiuto di Ponzo è assolutamente necessario.

<< Bene. Eccoci qui . Avanti con la gru, Ponzo, aggancia il nanorobot!>>

<< Capo, cioè Signore, è difficile manovrare una gru con un occhio nero! Non vedo niente!>> Ponzo manovra la gru a vanvera:invece di agganciare il minirobot costruito da Luis, tira su il suo "Signore" fino ad una altezza di dieci metri. Luis è fuori di sé per la rabbia, agita i pugni in aria e urla:<< Ponzo, che diavolo fai? Maledetto idiota!>> Ma Ponzo è davvero in difficoltà. L'occhio gonfio non gli permette di vedere bene e di conseguenza non riesce a coordinare i movimenti della pala della gru.

<< E' colpa tua, capo. Se non mi avessi colpito, questo non sarebbe successo!>> Ponzo spinge la pala della gru in basso, anche se troppo velocemente, lasciando che Luis sbatta il suo scarno sedere sul terreno.

<< Aaah, Ponzo! Ora è meglio che ti vai a nascondere! Io tiiiii… Ma…>> Luis è distratto da una colonna di fumo che si propaga dalla zona est dell'area. Cerca di alzarsi in piedi, ma il dolore per la caduta è ancora troppo forte è non gli permette di muoversi dal posto.

<< Ponzooo! Scendi da quella gru e portami il binocolo! Anzi, prendi il binocolo e poi scendi dalla gru! Muoviti! Ti prometto che non ti faccio nulla, ma sbrigati!>> Ponzo risponde prontamente:<< Volo , capo!>> quindi scende dalla cabina e consegna il binocolo al suo compagno. Luis osserva con attenzione cosa accade intorno a quella colonna di fumo. Nota dei mezzi corazzati in movimento e starnazza agitato:<< EEEhiiii! Sono i carri

dell'esercito! Ma che sono venuti a fare oltre il confine? Presto Ponzo, dobbiamo nascondere il Pozier!>>

<< Perché, qui non va bene, capo?>>

<< Nooo. Dobbiamo nasconderlo nelle grotte di Fontena.>>

<< Devo tornare in cabina per issarti con la gru?>>

<< Non sarà necessario, questa volta. Ho apportato delle modifiche al sistema. Guarda.>> Luis tira fuori un mini telecomando dalla tasca dei pantaloni. Digita un bottoncino rosso sul display, e dalla bocca del Pozier fuoriesce una galleria telescopica che scende fino a terra. Entra poi all'interno di essa, in un gabbiotto di metallo che , una volta chiuso, comincia la sua ascesa fino alla bocca stessa del Pozier. Da Lì, Luis può raggiungere la cabina di pilotaggio del robot salendo una semplicissima scala a chiocciola. Una volta all'interno, accende i comandi: il Pozier è in funzione. In pochi secondi ritira la galleria di accesso ed esce dal letto del fiume. Ponzo lo guarda stupito, poi gli urla da terra:

<< E io? Non vengo con te, Signore?>>

<< Noo, devo sapere solo io in quale grotta sarà nascosto il Pozier. Tu sei troppo boccalone e , se messo sotto pressione, potresti anche parlare e rivelarne l'ubicazione. Torna alla fattoria e fai finta di niente, non dire a nessuno che sei stato qui. Nascondi quello che c'è di compromettente, lì nel silo. Vai, e tutela i nostri interessi. Vai!>>

<< Sì, Signore. Come dici tu.>>

<<La squadra C-3 sta setacciando tutta la zona, tenente.. ma chi è questo tipo?>> Il tenente Genda seduto nel suo blindato, volge lo sguardo verso il sentiero che conduce alle fattorie; Ponzo attraversa la strada fischiettando con aria indifferente, dirigendosi verso la fattoria di Lotar, suo fattore capo. Intorno a lui ci sono jeep e carri militari: il Comando della città di White City ha inviato i suoi plotoni e ha circondato i due terzi dell'area di Banta. Chi osa ribellarsi alle perquisizioni viene legato , picchiato e frustato e i depositi alimentari vengono depredati e bruciati. Genda ordina ai suoi uomini di fermare Ponzo. Il ragazzo smette di fischiare ma mantiene la sua aria spensierata:<< Salve! Aspettate me? Ne sono molto felice! Qualcuno che mi viene a trovare, di tanto in tanto..>>

<< Silenzio! Avanti, perquisitelo!>> urla il tenente Genda- i soldati frugano nei pantaloni del sempre più stupito Ponzo, trovando un cacciavite, tre chiodi ed una pinza. Il tenente è piccato. Gli chiede:<< Da dove vieni?>>

<< Torno dal campo D.. Vitor è il fattore capo di lì.. aveva un problema al trattore, gli serviva una mano a rimettere in sesto il motore. Potete chiederglielo, se volete.. O siete già stati da lui?>> Ponzo ha lo sguardo fisso, gelido, sulle pinze nelle mani del tenente. Il militare sembra convinto dalla spiegazione del ragazzo, gli restituisce le pinze e gli

dice:<< Bene. Allora puoi andare.>> Il viso del grasso e goffo ragazzo riprende colore. Continua quindi il suo cammino verso l'ingresso della fattoria, fischiando e cantando allegramente, assolutamente incurante della presenza minacciosa dei militari. Il sergente Tobi invece, è adirato: non tollera quell'atteggiamento irrispettoso, soprattutto se messo in atto da un bifolco, un colono- come viene considerato dalla gerarchia militare cittadina- destinato a soccombere e a morire nelle terre di proprietà del Governo. Genda capisce la situazione e ferma il sergente:<< Lasciatelo fare, lasciategli raggiungere la fattoria. Lo segua senza farsi scoprire: può darsi che sappia qualcosa di importante, di utile per noi..>> Tobi non sembra convinto e risponde:<< Scusi, signore.. Quell'idiota? Se permette signore..>> Genda prende il suo frustino e , puntandolo in direzione di Ponzo, risponde:<< Un tipo dall'apparenza insospettabile.. E' il primo che deve essere sospettato! Avanti lo segua!>>

<< Certo, signore!>>

Ponzo trotterella all'interno del casotto degli attrezzi. Ripone in una cassetta di metallo il suo cacciavite, sempre fischiettando e cantando. Il sergente Tobi lo spia da una finestrella sul retro. Intanto il ragazzotto ha avvistato su una mensola un panino semi-incartato, maleodorante e attorniato da mosche ed altri piccoli insetti, affamati (quasi) quanto lui. Ponzo è più veloce dei suoi "concorrenti": in mezzo secondo netto agguanta il panino e lo fa sparire tra le sue possenti fauci. Poi esce dal casotto e si dirige verso i sili a sud della fattoria. Lì ci sono trattori e altre macchine che vengono utilizzati, in caso di necessità, anche dagli altri membri della comunità locale. Ponzo raggiunge il suo silo preferito, quello che contiene scorte di salcicce e patate. Entra all'interno, mentre il sergente lo segue a distanza di sicurezza. Poi, dopo un minuto di esitazione, decide per una sortita: spalanca la porta del silo, ma il locale è completamente buio. Riesce ad individuare due corde che pendono dal soffitto, ma non sa cosa fare. Alla fine decide di tirare una delle due corde. Viene "sommerso" da un carico leggero di salcicce e patate, scaricate da un pianale del tetto. Stordito e nel pallone, Tobi riesce solo a tirare fuori la testa dal carico e a dire:<< Oooh, ma cosa c'èèèèèèèè, signore? Ordine eseguiiitoo!>> Ponzo accende la luce: è lì vicino, davanti al quadro degli interruttori, e sta assaporando una salciccia cruda. Dice, ghignando:<< Ooh, sono molto dispiaciuto, ma non ha letto il cartello all'ingresso? Glielo rammento io:" Vietato l'accesso ai non addetti ai lavori. Pericolo!">> La faccia stralunata del sergente Tori crolla su di un sacco di salcicce. Il ghigno di Ponzo si trasforma in una strana, goffa risata che si diffonde per tutto il silo.

Laboratorio di Ricerca e Sperimentazione, ufficio del Professor Cantor.

<< Professore, state facendo davvero un buon lavoro..>>

<< Ti ringrazio Val. Stiamo migliorando le caratteristiche tessutali della tua tuta speciale da combattimento. Siamo intervenuti anche sui guanti. Ora sono meno spessi e relativamente più comodi.>>

<< Sì. Ho notato che avete trattato anche la visiera mobile del casco: la regolazione manuale della visiera presentava un distacco del.. Ma che succede? Guardi lì fuori, Professore, quelle colonne di fumo da nord-est!>> Cantor si accosta alla finestra. Da lì, dal suo studio, situato sulla torretta centrale del Laboratorio, riesce a vedere oltre la corona di colline

e quindi buona parte dell'area rurale di Banta. Cantor torna alla sua scrivania, apre uno dei cassetti. Prende il binocolo e torna alla finestra, scrutando in direzione della colonna di fumo.

<< Riesco a vedere bene, Val. Oh, c'è un'intera compagnia militare con diversi carri, e molti "meccanizzati". C è un po' di trambusto..>>

Val si fa passare il binocolo:<< Uhm, vedo.. Evidentemente stanno cercando qualcosa lì, nelle fattorie. Erano diversi mesi che non si facevano vivi.. Oh, guardi anche lei, stanno setacciando la zona dei sili. Hanno preso di mira quelli più grandi..>>

<< Credo di aver capito, Val. Stanno cercando il Brazer..>>

<< Lo credo anch'io. Pensano che sia nascosto in uno di quei sili giganti, magari diviso nei suoi componenti o travisato da quintali di foraggio.. Pensano che il Brazer provenga da lì..>>

<< In effetti hai sorvolato spesso quella zona e gli uomini dell'esercito non sono affatto stupidi, ti hanno osservato e hanno tratto le loro conclusioni. Ci sono andati vicini, caro Val. Chissà, forse potrebbero trovare quello strano robot che ti ha aiutato nell'ultima battaglia..>>

<< Veramente è successo il contrario. Sono stato io a salvargli la "corazza". E poi, quel robot non è in grado di affrontare un vero combattimento contro uno qualsiasi dei mostri di Landar. Ora torno alle

fattorie. I "ragazzi" potrebbero avere bisogno di aiuto.>>

<< Prendi il Jet Calt e sorvola la zona.>>

<< Meglio di no, Professore. In una situazione del genere, il Jet Calt attirerebbe quelli dell'esercito come le mosche sul miele. Potrebbero insospettirsi, capire che il pilota del Calt è il pilota del Brazer e farmi inseguire dai loro potenti aerei da ricognizione. Il grosso del blitz è già stato fatto, purtroppo.. Andrò con la mia moto ed un paio di pistole laser..>>

<< Sii prudente. Anche se stanno andando via, qualcuno della retroguardia potrebbe essere ancora lì, nascosto nella boscaglia..>>

Il "Gatto Volante" è al massimo: la moto e il suo pilota sembrano essere un corpo unico che sfreccia tra le curve sterrate della campagna. Val raggiunge il "Giglio" in pochi minuti. La fattoria sembra deserta. Piccoli cumuli di fumo si innalzano lentamente dal fienile e dalla cascina riservata agli attrezzi da lavoro. Val entra con il "Gatto" nelle terre coltivate, raggiunge i covoni fumanti e la cascina ormai bruciata: lì c'è Vitor, appoggiato allo steccato, privo di sensi. Val si avvicina, prova a capire se è ancora vivo. Improvvisamente Vitor torna cosciente, riconosce Val:<< Ah, ragazzo, sono successe tante cose, mentre eri via..>>

<< Vitor, ti hanno picchiato.. Sono stati gli uomini dell'esercito, non è vero?>>

<<.. Sì, sono stati loro.. Straparlavano di uno strano robot, di un pupazzo volante.. guardavano e rovesciavano tutto.. Io gli ho detto che non sapevo niente di nessun robot e che dovevano andarsene al diavolo, e guarda come hanno ridotto la nostra fattoria..>>

<< Non ti preoccupare. Rimetteremo tutto a posto. Ora ti porto in ospedale.>>

<< Sì, bravo, portami in ospedale.. Non voglio che Dan mi veda in queste condizioni. E' andato da Mia, e non tornerà prima di stasera.>>

<< Non preoccuparti per Dan. Telefonerò alla madre di Mia e le dirò che siamo via per un trasporto di

materie prime destinate alla città. Le chiederò di badare a Dan per un po'.>>

<< Grazie, mi togli un pensiero.>>

<< Ora andiamo in ospedale.>>

Laboratorio di Ricerca, sala operativa.

<< Che succede, Val? Sembri furioso..>>

<< Hanno attaccato la fattoria e picchiato a sangue Vitor.>>

<< Mi dispiace. Possiamo fare qualcosa per i tuoi amici della fattoria?>>

<< Posso fare io qualcosa, Professore. Uscirò con il Brazer e attaccherò il campo base dell'esercito.>>

<< Aspetta, Val. Non agire accecato dalla rabbia. Hai pensato alle conseguenze? Potrebbero radere al suolo tutta l'area di Banta.>>

<< Prima o poi ci sarebbe stata comunque, una resa dei conti, tra noi e quelli del Governo.. Prima o poi ci avrebbero schiacciato per paura di una rivolta, o anche solo per ribadire il loro potere su tutto il territorio. Ci avrebbero rimpiazzato con qualche ex galeotto o disertore scampato ai loro plotoni d'esecuzione.. E' ora di finirla, è arrivato il momento che ognuno torni padrone del proprio destino!>>

<< Capisco la tua posizione. Bisogna studiare prima un piano d'azione, però..>>

<< Mi dispiace , Professore, ma ormai non c'è più tempo. E' arrivato il momento di agire.>> Val corre a cambiarsi: indossa la sua tuta speciale da combattimento, poi giù nell'ascensore fino alla navetta che lo condurrà fino al jet Calt. Il piccolo, potente mezzo aereo accende i suoi reattori, scivola sulla pista fino a raggiungere l'hangar,al livello sotterraneo numero sei, dove è custodito il Brazer. Le ali del jet si ripiegano, permettendogli di entrare nella cavità della testa del robot. Gli occhi del Brazer si illuminano. Ora è in funzione: i razzi posti sotto i piedi si attivano, e la loro forza propulsiva gli permette di volare al di fuori dell'hangar *(il tetto dell'hangar viene aperto via radio dalla plancia di comando del Brazer)*. Il robot è in volo verso nord-est, destinazione White City. Le sue ali si spiegano, i motori sono al massimo. Val osserva il sole davanti a sé : il suo colore rosso sangue sembra presagire un tragico destino, ma a lui non interessa. Ora la "città" lo attende.

<< Fatto!>>

<< Bravissimo, Luis.. cioè Signore!>>

<< Esatto! Sono riuscito in qualcosa di eccezionale, unico, senza precedenti!>>

<< Sì, Signore, ma un po' di merito va anche al sottoscritto!>>

<< Sì, hai ragione Ponzo. Hai dato una mano anche tu, è vero. Senza di te avrei impiegato più tempo..

forse quindici o venti minuti in più.. Meriti un premio *(Luis tira fuori da un sacco un panino secco)* ! Tieni! Ingozzati!>> Ponzo "raccoglie" al volo. Addenta immediatamente il panetto, ma rimane deluso:<< Ehiii.. Ma è vuoto!>> Luis da un calcio ad un sacco di iuta che ha davanti e dice nervoso:<< Idiota! Non vedi che siamo circondati da salcicce e patate? Puoi farcirtelo da te, quel dannato panino! Ed ora non mi scocciare! Ho altro a cui pensare..>>

<< E' vero Signore. Abbiamo apportato delle modifiche importanti al Pozier , però dovremmo festeggiare per bene!>>

<< Già, grandi modifiche, nuove armi che ci renderanno invincibili in battaglia. Sorprenderemo e –soprattutto- stenderemo il nemico con un paio di mosse!>>

<< Capo, ma adesso che siamo diventati così temibili, non credi che potremmo venire scoperti? Non è il caso di riportare il Pozier nelle grotte?>>

<< Noo, non dobbiamo temere nessuno, oramai! Qui, nel deposito delle salcicce e patate, saremo più che al sicuro!>>

BOOOM! BOOOOM!BOOOM!

<< Capo, hai sentito quelle esplosioni! Guarda il fumo! Vengono da White City!>>

Luis prende il binocolo, fissa lo sguardo a nord-est:<< Hai ragione Ponzo. Vedo uno stormo di navi spaziali. Da quelle parti ci deve essere anche un

mostro alieno che circola indisturbato.. O quasi.. E' il nostro momento.. Avanti, getta quel panino!>>
Ponzo inghiotte al volo il panino vuoto, mentre Luis lo spinge in direzione del silo, proprio dove si trova il Pozier. I due ragazzi salgono sul robot, pronti per raggiungere White City.

Il Professor Cantor è teso. Guarda verso est, dalla finestra del suo studio. Uno degli assistenti lo raggiunge nella stanza per consegnargli un documento:<< Professore, sembra che lei stia volando col Brazer, insieme a Val..>>

<< In un certo senso è così, Tobi. Non possiamo abbandonarlo, né, purtroppo, fermarlo..>>

<< Cosa ne pensa lei?>>

<< Val è in preda alla rabbia. E' questo è un male. Chi pilota il Brazer non può farsi condizionare dagli stati d'animo, deve sempre mantenere il controllo. Val ha sempre dimostrato sangue freddo, in battaglia. Noi lo sapevamo già, da quando gli abbiamo affidato il nostro robot da combattimento.. E' un ragazzo misterioso, nemmeno io conosco a fondo la sua storia, ma il fatto che non avesse parenti o amici stretti ha giocato a favore della nostra causa. Non avere legami importanti, in questa fase della guerra, lo ha portato a dedicarsi in maniera quasi esclusiva, alla sua missione, quella della pace. Però, forse.. forse mi sono sbagliato: quella gente della fattoria deve essere molto importante per lui.. Credo

però che, in fin dei conti, Val farà la cosa giusta.. E' un ottimo elemento e non fallirà..>>

<< Speriamo, Professore!>>

<< Inoltre abbiamo una nuova arma che potrà utilizzare, pronta per il combattimento da "terra".>>

<< Sì. Il nuovo carro armato. Ma Val non ha fatto in tempo a collaudarlo.>>

<< Non sarà necessario. Sono sicuro che sarà in grado di usarlo al momento opportuno. Lo aiuteremo noi, da qui, dandogli istruzioni via radio.>> BIIIIP- la spia rossa del display sulla scrivania si accende. E' il segnale d'allarme.

<< Presto, raggiungiamo la sala operativa!>>

<< Certo, Professore!>> I due raggiungono la sala operativa. Atta, uno degli assistenti, fermo davanti al monitor centrale, richiama immediatamente l'attenzione di Cantor:<< Guardi il monitor! Le truppe terrestri di Landar stanno raggiungendo il confine di White City. Muovono da sud. Ci sono anche due mostri con loro!>> Cantor si precipita alla radio. Accende il microfono.

<< Val, mi senti?>>

<< Sì. Cosa vuole, Professore?>>

<< Devi tornare indietro. Landar sta muovendo le sue truppe terrestri verso il confine del deserto.>>

<< Me ne occuperò più tardi. Ora ho altro da fare.>>

<< Ascoltami. Ci sono anche due mostri con loro. Uno è una specie di lucertola volante, simile al drago che hai abbattuto in precedenza. L'altro è un robot di terra, molto veloce, che al posto delle gambe ha un cingolato, e che è scortato da diversi carro armati di piccole dimensioni. Pensa anche che, buona parte dell'esercito che tu vuoi abbattere, andrà lì per cercare di evitare che passino la frontiera.>>

<<Allora accendo il monitor per visualizzare la zona di confine. Fatto. Ora vedo tutta l'area. Ho intercettato le truppe di Landar ed anche i due mostri al seguito.>>

<< Ancora una cosa, Val. Abbiamo approntato una nuova arma. E' un carro armato che si aggancia al busto del robot.. Te lo invieremo con le nostre piste di lancio missili, esattamente con la stessa procedura che utilizziamo per le ali potenziate. Non dovrai far altro che piegare all'indietro le gambe del Brazer ed agganciarti.>>

<< Va bene. Tra poco potrete inviarmi l'Ultra Sky Jet. Supererò le montagne, e poi , tornerò al normale assetto di volo, pronto per l'aggancio.>>

Deserto della Morte. Zona di confine con l'area di Banta.

<< Ma che cos'è questo? Non si vede un'anima in giro!>> Luis guarda fisso l'orizzonte dalla plancia di comando del Pozier.<< Da qui, a più di dieci metri di altezza dal suolo, non riusciamo a vedere niente.

Ma il radar non indicava presenza di nemici, da queste parti?>>

<< Capo, cioè Signore, guarda qua, cioè guarda là, di fronte a te!>> Ponzo passa il binocolo a Luis:<< Oohh! Stanno arrivando finalmente! Sono le truppe terrestri di Landar, con i suoi due mostri al seguito!>>

<< Ma adesso che facciamo, capo? Non penserai che quelli del Governo riescano a fronteggiare sul serio quei mostri!>>

<< E' per questo che siamo qui noi, idiota! Ricordati che abbiamo un'arma segreta! Anzi, ne abbiamo più di una! E adesso , andiamo incontro al nemico, prima che qualche altro robot con manie di protagonismo, arrivi e ci rubi la scena!>>

Il Brazer ha effettuato la manovra di aggancio con l' Ultra Sky Jet. In breve tempo, Val ha affinato le tecniche di allineamento e aggancio in volo. Ora vola veloce verso il confine. Anche l'esercito Governativo si è mosso. Il primo però, a raggiungere il campo di battaglia e ad affrontare Landar ed i suoi è "l'intrepido" Pozier.

<< Saranno più di cinquecento..>> afferma Luis, con aria fintamente indifferente, mentre osserva la "distesa" di soldati schierati dinnanzi al Pozier. Ponzo ha gli occhi sbarrati per lo stupore: non si aspettava di trovare tanti nemici e tanti mezzi spiegati nel deserto. Dice preoccupato:<< ..Senza

contare i cinquanta carro armati ed i due mostri spaziali.. Non so se te ne sei accorto, ma quello "alato" sta gironzolando sopra la nostra testa tonda.. Capo, ascoltami, torniamo a casa!>>

<< Non dire scemenze, Ponzo. Abbiamo l'occasione di dimostrare che siamo noi i migliori. Sarà fatto tutto senza la presenza ingombrante dell'esercito Governativo. Ma dobbiamo fare in fretta.. Diamoci dentro!>> Il colonnello Sicar, uno degli ufficiali più importanti dell'esercito di Landar, scende dalla sua camionetta blindata. Osserva per qualche istante il Pozier con il binocolo. Accenna un ghigno, poi fa un segnale che indica "attacco " alle sue truppe, prima di rientrare con tutta tranquillità nel posto passeggeri della sua camionetta. I mezzi motorizzati si muovono in direzione del Pozier. Ponzo, sempre più spaventato, cerca di farsi coraggio aggrappandosi alla giacca di Luis. Ma il "Capo" lo spinge via:<< Lasciami, idiota!>> Il grasso assistente cade sul pavimento della plancia di comando come un sacco di patate . Affranto, ha però l'ardire di domandare:<< Ed ora, come affrontiamo un esercito ed un paio di feroci mostri alieni super corazzati?>>

<< Sta a vedere!>> Luis impugna un telecomando tv modificato. Aziona –premendo uno dei pulsanti-una leva che apre uno sportello in acciaio posto dietro la schiena del Pozier. Una molla speciale, con la sua spinta, agevola la fuoriuscita di un minirobot, simile ad una scimmia inferocita, che impugna due sciabole affilate. << Eccolo, pronto all'azione! E' il Big

Midget!>> Il "nano"-minirobot si scaglia immediatamente contro le truppe motorizzate comandate dal colonnello Sicar. Agilissimo, riesce a schivare i colpi di cannone e mitragliatrice, anticipandoli con balzi e capriole aeree. Attacca e fa a pezzi i mezzi meccanici con le sue lame speciali. I nemici più distanti vengono colpiti con degli stiletti di acido sparati dalla bocca.

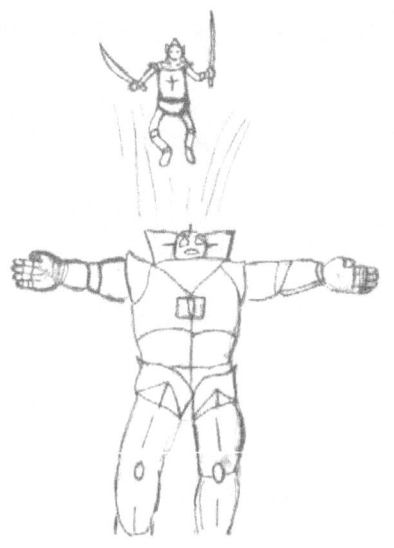

<< Vai così, Big Midget! E mentre lui si occupa delle truppe di terra e del relativo mostro, noi ci dedichiamo a quella specie di insetto che ci ronza fastidiosamente sopra la testa. Ponzo, svegliati!>> Luis manovra con la cloche, permettendo al Pozier di piegarsi all'indietro, con l'addome rivolto verso il cielo. Poi preme un altro dei bottoni del suo

telecomando tv : il ventre del robot si apre, e una serie di missili esplosivi investe il mostro volante, che si allontana immediatamente dalla zona di "tiro". Intanto il Big Midget è arrivato al cospetto del mostro terrestre. Il nanorobot non si lascia influenzare dall'aspetto imponente dell'avversario: con un gran balzo si proietta in alto e colpisce con la sua saliva corrosiva, dapprima il volto e poi , con estrema precisione, anche il cingolato del robot alieno. Prova quindi a sferrare il colpo decisivo con le sue due sciabole, ma queste si spezzano non appena impattano sul suo busto corazzato. Nemmeno la saliva corrosiva ha sortito il suo effetto: il mostro guerriero ne approfitta per catturare il Big Midget. Lo prende per le spalle e poi lo scaraventa lontano, facendolo cadere contro degli spuntoni di roccia vicini alla linea di confine. Anche il guerriero alato è passato al contrattacco. I suoi spostamenti nel cielo si sono fatti sempre più rapidi ed i missili del Pozier non riescono più a centrarlo. Una discesa rapida in picchiata ed il goffo robot viene scaraventato a terra in un attimo. La battaglia viene interrotta dall'arrivo dell'esercito del Governo Centrale. Inizia il combattimento contro le truppe comandate da Sicar, ma la lotta è impari: il robot gigante di terra Malmal e quello d'aria Sortar schiacciano con facilità i mezzi blindati e i minirobot del Governo. Sicar scende ancora una volta, più che soddisfatto, dal suo mezzo blindato. Si rivolge, quindi,pieno d'orgoglio, alle sue truppe:<< Bene, abbiamo vinto la battaglia al confine! Ora avanziamo verso la città! Il nostro prossimo obiettivo è White City!>> Sicar torna nella camionetta e fa cenno al suo autista di partire. Pensa:<< Ah,ah,ah! Il comandante Landar ed il colonnello Muzar hanno fatto un ottimo investimento, affidandomi questa fondamentale missione.. Sono uno dei migliori comandanti dell'Impero e presto dovranno riconoscermelo.. Uhmm.. Ma dove saranno finiti quei due? Dovevano sovrintendere tutta l'operazione..>> Le nuvole nere si avvicinano tra loro velocemente, dando campo ad una serie di fulmini che si susseguono silenziosi e veloci. Un vortice di vento si fa strada, sibilando insistentemente tra le dune di terra e sabbia. Il colonnello Sicar volge lo sguardo in direzione del tornado. Anche il maggiore Tori, comandante dell'esercito del Governo Centrale, alza gli occhi al cielo. E' finito in una buca, in seguito ad una esplosione e, stordito ma ancora determinato a resistere, parla al suo secondo ufficiale, seduto lì vicino:<< Guardi, c'è qualcosa in mezzo a quel vortice.. Sta venendo fuori.. E' apparso per un istante, poi è sparito. L'ho visto sì! Ne sono sicuro! E' quel robot misterioso di cui parlano tutti alla centrale.. Sì, è lui!>> Anche Sicar lo ha visto: da l'ordine alle truppe di fermarsi, poi si collega, attraverso la radio di bordo, al mostro alato Sortar :<< Mi senti Sortar? Soldato dell'esercito della Terra Purpurea, a te l'onore ed il grande privilegio di distruggere quel nemico del nostro Impero!>>

Sortar è un mostro-robot a due teste, dal collo lungo ed ali a pipistrello che, insieme ai razzi posti ai lati del busto, lo rendono doppiamente veloce, rispetto ai consueti guerrieri alati, nei combattimenti aerei. Il Brazer arriva dal cielo in picchiata: si abbassa un po', per sorvolare l'area delle sabbie mobili, a sud del campo di battaglia. Sicar si lancia su di lui, suscitandone immediatamente la reazione:<< Motori al massimo!>> è l'urlo deciso di Val. L'impatto frontale sembra inevitabile. Il mostro alato intuisce il pericolo mortale, sa che non farà in tempo a deviare dalla traiettoria dello scontro così comincia il suo attacco: raggi laser e missili incendiari contro il suo impavido avversario. L' Ultra Sky Jet rende il Brazer rapidissimo. Il robot scarta da un lato, evitando i missili ed i laser. L'ala rossa del Brazer impatta contro il mostro e lo taglia in due, lasciando che esploda in aria lontano dall'area di battaglia terrestre. Finalmente il grande robot da combattimento può sorvolare indisturbato la zona controllata da Sicar ed i suoi: ci sono ancora diverse migliaia di soldati grenzeriani *(o della Terra Purpurea)*, carro armati, minirobot ed il robot gigante Malmal.

L'esercito del Governo Centrale, allo stremo, è riuscito a trovare riparo dietro della dune di sabbia, a poche centinaia di metri dalla zona di battaglia. Il maggiore Tori è rimasto favorevolmente impressionato dal combattimento del Brazer. Stordito e parzialmente intossicato dai fumi delle esplosioni di guerra, non si è voluto ritirare ed ha lasciato le redini del comando al sergente Silvon. Il maggiore è riuscito comunque a portare in salvo quel che restava delle sue truppe, grazie all'arrivo del Brazer: le truppe della Terra Purpurea puntano i fucili laser ed i cannoni contro il più temibile dei suoi nemici, il robot da combattimento venuto da cielo.

Il maggiore Tori osserva a bocca aperta , pieno di meraviglia,l'azione in corso: il Brazer atterra dinnanzi alla camionetta blindata del colonnello

Sicar. L'esercito alieno è pronto ad attaccare. Intanto la radio di bordo del robot comincia a "pulsare":Bip!Bip!Bip!.

<< Val, mi senti? E' arrivato il momento di provare il carro armato. Dovrai allontanarti dal campo di battaglia.. Vola fino alle dune di sabbia. Lì ti sgancerai dal Jet Calt per unirti al nuovo cingolato speciale. Raggiungi il punto indicato sulla mappa elettronica di bordo- poi segui le mie istruzioni.>>

<< Okay, Professore. Anche se , per schiacciare questi mostri, non ho bisogno di carro armati- oooh, ma..>> i mezzi meccanici grenzeriani cominciano a sparare. La terra comincia a tremare, ed il Brazer vola via verso le dune di sabbia. Val osserva dall'alto l'imponente volume di fuoco scatenato dai nemici e commenta così:<< Forse ho parlato troppo presto.. Un mezzi cingolato, in questa situazione, potrebbe farmi comodo..>> La mappa elettronica di bordo segnala il punto di arrivo. Il robot atterra lentamente. Un altro segnale di luce intermittente, sulla consolle di bordo, avvisa Val che può sganciarsi dallo Sky Jet e prepararsi per l'agganciamento con il cingolato. Si accende anche la radio. Il Professor Cantor è in collegamento:<< Val, separati dallo Sky Jet, poi vola per dieci metri dal suolo con i razzi propulsori. Poi ruota le gambe del Brazer all'indietro di centottanta gradi. Entrerai con le ginocchia del robot nella cavità del carro armato, che comanderai direttamente dalla tua

consolle. Ancora pochi minuti, ed il nuovo mezzo meccanico sarà lì da te. Buona fortuna, ragazzo.>>

<< Colonnello Sicar, secondo lei dove è andato quel robot? Si sarà ritirato?>> Il secondo ufficiale si avvicina al finestrino del blindato dove è seduto il suo comandante. Il colonnello risponde:<< Quel robot ha un nome: si chiama Brazer. Non devi sottovalutarlo. Ha distrutto i più temibili mostri-robot dell'Impero, guerrieri scelti personalmente da Landar. Probabilmente, in questo momento, starà escogitando qualcosa, non lontano da qui. Tenetevi pronti: i soldati dell'Imperatore non devono temere nessun avversario..>>

<< E Malmal, signore? Sembra sempre più desideroso di combattere con quel Brazer..>>

<< Forse non sarà necessario farli scontrare. I nostri carro armati , con l'ausilio dei minirobot, sono in grado di tenergli testa. Disponete immediatamente la prima linea, non dobbiamo farci cogliere alla sprovvista. Malmal invece può divertirsi con quell'altro stupido robot che ha osato attaccarci. Lo guardi, è ancora lì che sul campo che si gratta la testa.. cosa spera di fare ancora? Toglietemelo di mezzo!>>

<< Certo, signore!>>

Malmal avanza lentamente dalle retrovie. Il robot gigante attraversa la pianura deserta impegnando al minimo il suo cingolato, nonostante il Pozier corra minaccioso verso di lui. L'urlo di battaglia di Luis è talmente forte da raggiungere la terra :<< Vaaaaai, Big Midget! Fatti valere, attacca dall'alto!>> il Big Midget viene catapultato all'esterno dalla schiena del Pozier. Il piccolo robot si avvicina minaccioso alla testa di Malmal, ma il gigante cingolato spalanca la sua bocca, da cui viene sparato un raggio laser che colpisce in pieno petto il Midget, lasciandolo a terra esanime.

<< Maledetto!>>- tuona Luis-<< Ha messo fuori uso la nostra avanguardia! Ma ora tocca a me.. Fuori con la seconda arma speciale.. Grandi missili!>> la tasca posta sul busto del Pozier si apre : i nuovi, "potenti" grandi missili vengono sparati a raffica contro Malmal. Il gigante non subisce danni. Luis ha gli occhi sgranati per lo stupore: l'unico effetto che i grandi missili sono riusciti ad ottenere sul nemico è stato quello di arrestarne l'avanzata. Luis,sempre più sbalordito, commenta: Ma che fa? Sembra una statua , non si muove!>> Ponzo è a terra sul pavimento della cabina di comando del Pozier. Non ha il coraggio di guardare la battaglia, e si limita ad aggrapparsi alla poltrona di Luis nei momenti più critici ed a rialzare la testa nelle pause dagli scontri. Dice:<< Signore, questo è il momento buono per battere la ritirata!>> Si aggrappa ancora all'amico, ma viene respinto. Luis punta le mani sulla cloche,pronto all'azione. Dice, fiero, all'amico:<< Stai zitto! Questo è il momento buono per sferrare l'attacco decisivo.. Non hai capito che sta fermo perché ha paura di noi? Andiamo!>> Ponzo è disperato. Urla:<< Nooo, Signore, salvaci!>> Luis

non lo degna di uno sguardo e gli dice:<< Non mi scocciare e concentrati sul nemico!>> Il grasso e grosso assistente si nasconde sotto la poltrona del "capo" mormorando:<<Questa volta mi rivolgevo al Supremo, non a te! Aiutoooo!>>

Il Pozier avanza deciso verso il nemico. Incredibilmente, dopo pochi attimi, il viso tondo di Ponzo si materializza vicino a quello di Luis, che concentratissimo, sta manovrando il suo robot senza esitazioni. Il pilota però sembra infastidito dalla presenza ingombrante del suo amico-assistente, così gli dice:<< E adesso di cosa ti lamenti?>> Ponzo si gratta la testa titubante, quindi risponde:<< Il Pozier è scoordinato. Dovremo fargli la convergenza. Su questi terreni in dissesto, pieni di buche, trova grande difficoltà, persino a camminare.. Traballiamo tutti!>>

<< Non ti preoccupare, Ponzo, siamo quasi arrivati. Supermazza, fuori!>>Il busto del Pozier si apre, dividendosi simmetricamente in due parti. La molla armonica al suo interno fa la sua parte, espellendo una gigantesca mazza ferrata, che viene agguantata al volo dal robot, che sferra un gran colpo al petto di Malmal: la mazza si piega in due e rimbalza, impattando contro la testa del Pozier. Luis e Ponzo rimangono storditi dalla potenza del colpo. Ormai incapaci di reagire, sono in balia del nemico. Malmal allunga il suo braccio sinistro e con uno scatto rapidissimo scaraventa il Pozier contro delle dune di sabbia . Luis e Ponzo giacciono privi di

sensi, sulla pedana della sala di comando del loro robot,ridotto ad un rottame.

Il colonnello Sicar ride divertito. Si è goduto lo spettacolo dalla sua camionetta blindata, insieme al suo assistente. Il maggiore Tori, invece, dal suo nascondiglio sulle dune di sabbia, osserva impassibile il cielo: spera nel ritorno del Brazer, in un suo attacco risolutore, mentre i suoi uomini- compreso il sergente Silvon- giacciono stremati nella speranza di un'improbabile ritirata delle truppe di Sicar. D'altra parte, pensano- la battaglia precedente ha messo a dura prova anche i reparti più duri e preparati della loro avanguardia, anche grazie all'intervento del Pozier, uno strano,goffo , maldestro ma coraggioso robot. Il silenzio quasi irreale che circonda l'intera area di confine viene interrotto da un rumore meccanico, a tratti stridulo, che diventa sempre più intenso e acuto. Il maggiore Tori si volta verso est: è il rumore di un grosso cingolato che si fa strada sulla sabbia, supportato dall'azione del vento. Il Brazer si fa avanti , presentandosi al nemico nella sua ultima trasformazione. Metà robot, metà carro armato, pronto ad affrontare l'esercito della Terra Purpurea.

Il colonnello Sicar non riesce a staccare gli occhi dal Brazer. Il secondo ufficiale deve ripetergli tre volte la richiesta di ordini da eseguire. Sicar si risveglia dal torpore e dice:<< Attaccate! Attaccate!>> I mezzi meccanizzati e i minirobot vengono però spazzati via dai colpi di cannone del

Brazer. Quelli che riescono ad avvicinarglisi vengono schiacciati e devastati dal suo enorme cingolato.

Malmal ed il Brazer sono ormai faccia a faccia. Sicar, seduto nel suo blindato, osserva nervoso i due robot: nessuno dei due si muove, immobili l'uno di fronte all'altro. Decide allora di intervenire:<< Maledizione, non posso perdere la faccia dinnanzi a Landar e Muzar! *Urla:* Malmal! Avanti, usa la tua arma segreta!>> Un gas speciale fuoriesce dalla bocca d'acciaio di Malmal: in pochi secondi si espande, per poi solidificarsi, creando una gabbia di "ghiaccio" che intrappola il Brazer. Sicar ride soddisfatto:<< Quello speciale gas è capace di trasformarsi in pochi secondi in un materiale resistentissimo, inattaccabile.. Ma non è finita qui, osservi bene, sergente..Sta addirittura intaccando la superlega con cui è costruito quel robot..>> Il Brazer scaglia i suoi pugni contro la barriera, ma inutilmente. Il Professor Cantor sta seguendo il combattimento dal monitor della sala operativa del Laboratorio. Negli ultimi due minuti però, si è concentrato su un foglietto di carta, scarabocchiandoci su dei numeri, senza perdere mai la calma. Appena terminato, alza la testa e si mette in contatto con il Brazer:<< Val, ascolta, devi provare il tutto per tutto, usa i tuoi cannoni.>>

<< Ma.. Professore.. il Brazer potrebbe saltare in aria!>>

<< Lo so, ma è la tua unica possibilità. Ho calcolato la distanza che ti separa dalla "gabbia"molecolare. Dovresti potertela cavare. Usa l'ultraleggero.>>

<< Proverò, Professore. C'è poco tempo ormai. Quelle strane molecole volatili stanno già intaccando il Brazer..>>

Val aziona il sistema di puntamento dei cannoni ultraleggeri, la messa a fuoco dell'obiettivo sul monitor di bordo.. Un attimo di esitazione, poi impugna la cloche con decisione e preme il pulsante che aziona i cannoni: una raffica di colpi che sgretola, poco a poco, la barriera molecolare creata da Malmal. Ormai libero, il Brazer avanza veloce verso il nemico. Lo scontro frontale tra i due "carri" sembra inevitabile, ma Cantor cerca di fermarlo:<< Ascolta Val, non devi scontrarti con lui.. Le molecole hanno indebolito il metallo del Brazer e del carro armato. Devi sconfiggerlo utilizzando le armi che hai a disposizione. Non puoi affrontarlo corpo a corpo, nella tua condizione attuale: faresti il loro gioco, e potresti finire distrutto.. >> Il Brazer è più veloce di Malmal e riesce ad aggirarlo con facilità. Prova a colpirlo con i cannoni, per distruggere la sua corazza. Malmal accusa i colpi, ma risponde prontamente con il suo raggio laser.

La potenza del laser è tale da scalfire il già indebolito metallo del Brazer. Val capisce che è il momento di chiudere la partita:<< Lame distruttrici!>> il robot impugna le sue spade e le sferra contro il petto dell'avversario. Il robot guerriero di Sicar è ormai allo stremo. Il Brazer si avvicina e lo colpisce ancora con i raggi alfa disintegranti: è il colpo di grazia che distrugge definitivamente Malmal. Sicar è fuori di sé dalla rabbia:<< Maledizione! Ce l'ha fatta un'altra volta.. ce lo avevamo in pugno.. E' finita, solo l'Imperatore è in grado di sconfiggerlo. Per me è finita, Landar e Muzar non mi perdoneranno mai questo fallimento.. ma non me ne andrò da solo nooo!>> Sicar spinge il suo autista fuori dal blindato, passa al posto di guida e parte a tutta velocità in direzione del Brazer. Mormora, colmo di eccitazione:<< Questo piccolo carro è carico di esplosivo, ma tu questo non lo sai, grande Brazer.. e la tua superlega è già stata compromessa da Malmal.. Ah,ah,ah, un solo scontro, e sarà la morte!>> Intanto Val sta dialogando con la Base:<< Gli strumenti di bordo sono danneggiati, Professore.>>

<< Devi tornare al Laboratorio. Quel gas che ha sprigionato Malmal è arrivato ad intaccare persino il sistema operativo..>>

<<Anche il radar non funziona bene. Vedo sul monitor una camionetta militare aliena ,proveniente da sud-ovest, che punta dritta verso il Brazer, Professore.>>

<< Non sottovalutarla. Nasconde sicuramente qualche insidia.>>

<< Bene.>> Il Brazer punta il suo cannone ultraleggero in direzione della camionetta. Sicar non ha nessuna intenzione di fallire la sua ultima missione. Grida furioso:<< Maledetto! Non mi lascerò colpire!>> e con un violento colpo di sterzo prova ad uscire dalla traiettoria del cannone. Non si accorge però, di una grande buca- provocata da una bomba- precipitandoci all'interno. La camionetta esplode, generando una nuvola di fumo nero che si espande rapidamente fino a raggiungere il Brazer. Val è ancora collegato con la base:<< Qui l'aria si è fatta irrespirabile. Torno al laboratorio. Passo e chiudo.>> Il maggiore Tori è rimasto incantato dal Brazer: lo ha visto combattere e sconfiggere da solo due dei più temibili mostri dell'Impero Grenzeriano e distruggere anche gran parte dei loro potenti carro armati e minirobot. Pensa:<< Devo incontrare quel robot.. dobbiamo unire le nostre forze per sconfiggere gli invasori! Coff! Coff!*(tossisce)* Ora però dobbiamo tornare al campo-base.>> Poi si trascina nelle retrovie, dove ci sono i suoi uomini,

stanchi e feriti, che attendono l'ordine di rientro. Anche il Pozier cerca di rimettersi in sesto. Luis preme a ripetizione i pulsanti di accensione sulla consolle, e, dopo diversi tentativi, il goffo automa riprende a funzionare. Raccoglie quindi i rottami persi nello scontro con Malmal, prima di dirigersi mestamente, verso il confine.

Pianeta Grenzer. Landar è nella sala principale del Castello delle Mosche Grigie, una delle residenze dell'Imperatore.

<< Landar.. Landar, ascolta.. Le condizioni che si sono venute a creare sul pianeta Terra rappresentano una combinazione unica:il sole, la funzione stabilizzatrice della luna attraverso il suo asse.. non troveremo mai un altro pianeta simile, adatto a noi.

Se non riusciamo a conquistarlo, per noi sarà la fine. Le nostre riserve energetiche stanno per esaurirsi, così come il nostro spazio.. Ormai il pianeta è sovrappopolato, e siamo sull'orlo di una nuova rivoluzione..>>Landar ascolta a testa bassa il suo Imperatore. Dopo un momento di imbarazzato silenzio, dice:<< Signore, sferreremo un attacco in massa. Tutte le nostre forze, terrestri ed aeree, saranno impiegate contro il Brazer, il Laboratorio e se necessario su tutta l'area di Banta,comprese quelle sostenute dal Governo Centrale.>> L'Imperatore non sembra badare a quelle parole. L'enorme fuoco che lo circonda divampa fino al tetto del castello. I suoi occhi rossi sono colmi di ira e sdegno per il fallimento delle ultime missioni patrocinate da Landar e Muzar. Il comandante Landar, terrorizzato, retrocede fino al portone d'ingresso della sala. L'imperatore lo richiama a sé, dicendogli:<< Non temere.. Dove si trova ora Muzar?>>

<< Signore, non abbiamo più sue notizie dal nostro ultimo attacco..sembra svanito nel nulla.>>

<< Ti concedo un'altra possibilità, e la massima libertà di azione. Convoca la Guardia Imperiale.>>

<< La Guardia Imperiale?>>

<< Sì, Landar, giochiamo le nostre carte..>>

Il rumore cupo dei tacchi nuovi del maggiore Tori risuonano per i corridoi principali del Palazzo del

Governo Centrale. Cammina lentamente, perché l'ultimo scontro con le truppe di Sicar lo ha stremato, nell'orgoglio e nel fisico. Il suo braccio destro è bendato, ferito da una scheggia di granata. Raggiunge la stanza dov'è riunito il Consiglio dei Dieci, un organo supremo del Governo che si riunisce soltanto per prendere decisioni decisive per il destino dell'area di Banta. Tori è emozionato e allo stesso tempo nervoso: i "Dieci"-generali ed amministratori del Governo- sono le persone più importanti del Paese, uomini che hanno in mano le sorti di milioni di persone. Tori si fa coraggio e bussa alla porta. Un inserviente lo fa accomodare all'interno e poi si allontana rapidamente. Una voce gentile invita l'uomo a farsi avanti. Tori si avvicina al grande tavolo circolare ,dove siedono, in silenzio, i dieci uomini del Consiglio. Lo invitano a sedersi al tavolo e ad esporre nel dettaglio le motivazioni della convocazione. Lui si siede, e dopo un breve silenzio, comincia il suo discorso:<< Signori generali, signori amministratori.. Ho chiesto questo incontro perché sono convinto di aver trovato il modo-con il vostro aiuto, naturalmente- di vincere, una volta per tutte, questa maledetta guerra che ci sta logorando ormai da diversi anni. Durante la nostra ultima battaglia al confine abbiamo perso diversi uomini- come già sapete- ma li avremmo sicuramente persi tutti se non fosse intervenuto quel robot venuto dal cielo..>> Tori si blocca. Il volto impassibile dei suoi interlocutori lo intimidisce. Uno dei generali gli sorride dicendogli:<< La prego, continui pure. Il suo discorso ci interessa moltissimo. Vada pure avanti.>> Anche se poco convinto, il maggiore Tori sente di giocare la sua ultima carta con i "Dieci" e allora prosegue, cercando di apparire deciso:<<.. Sì, grazie.. Come dicevo, quel robot piovuto dal cielo ha sgominato l'esercito invasore e due terribili robot-mostri da solo. Ho compreso che lui combatte per noi, per la nostra salvezza..>>

<< E quindi?>> Tori viene incalzato dalla voce di uno degli amministratori più anziani, dal tono rauco, sprezzante ed altezzoso. Il maggiore non si scompone e prosegue deciso:<< E quindi credo-anzi, ne sono convinto- che dovremo allearci con lui. Ho pensato di diffondere dei comunicati radio con cui gli chiederemo un incontro formale. In un territorio neutro, dove non è possibile fare trucchi. Ho pensato che , il posto ideale si trova subito dopo la zona della campagne, dove c'è una striscia di terra abbandonata che confina con il deserto. Potremmo incontrarlo lì, dove comincia il deserto, e cercare di stringere un'alleanza. Ascoltatemi: il suo aiuto, per noi, è fondamentale..>> Il generale Gianor si alza dalla sua poltrona marrone per raggiungere le grandi finestre che circondano la sala. Osserva il cielo per un po' con aria pensierosa, poi dice:<< Sa cosa le dico maggiore? Lei ha ragione. Quello strano robot ci ha già aiutato in precedenza, e, dopo le sue azioni, è sempre svanito nel nulla, senza mai chiederci una contropartita. Lei, maggiore Tori, è una persona coraggiosa, che si è sempre distinta in battaglia e, nell'ultimo scontro, nonostante fosse stato ferito, è

rimasto fino alla fine sul campo per poter poi testimoniare le imprese di quel nostro potenziale alleato..Ben fatto, maggiore. Noi tutti la ringraziamo. Organizzi la cosa e ci tenga costantemente informati sugli eventuali sviluppi. Saremo lieti di appoggiarla fino alla fine. Arrivederci.>> Tori si alza di scatto dalla sua sedia ,si avvicina al generale per ringraziarlo ma viene fermato , con cortesia, dallo stesso Gianor, che gli dice:<< Non è necessario, maggiore. Ora può andare, grazie.>>

Tori è appena andato via dal salone. All'interno però, la riunione continua senza di lui. Il generale Gianor accende il suo sigaro: in piedi davanti alla grande vetrata, osserva le nuvole grigie che coprono il cielo. Due boccate brevi, poi si volta verso gli altri membri del Consiglio, ancora tutti seduti:<< Signori, conoscete il maggiore Tori. E' un ex colone, uno che viene dalla strada..>>- << .. Uno che, prima di diventare ufficiale, ha ucciso da solo centotrentotto nemici , distrutto tre minirobot utilizzando solo un fucile laser e, naturalmente, decorato al valor militare.. però, la scheda che ci avete fornito è davvero particolareggiata..>> ribatte uno degli amministratori. Gianor dà un'altra boccata, poi tranquillamente risponde:<< Conoscete bene la situazione: lui non fa parte della nostra èlite, non ha imparato a combattere nei nostri campi di addestramento e non è..>>- << Vuole dire che non è un Cittadino e che mai lo sarà, non è vero?>>-<< Riconosco a quell'uomo un forte istinto omicida, fondamentale in guerra. Ma non sarà mai uno di noi. Non possiamo permettergli di prendere decisioni così importanti per il nostro futuro. Cosa ne dite, signori?>> I membri del Consiglio annuiscono convinti. Uno dei militari, però, ha ancora qualcosa da dire:<< E' come intende comportarsi con il maggiore? Lei gli ha promesso il nostro appoggio..>> Gianor guarda ancora verso il cielo. Riprende a fumare, poi risponde tranquillo:<< Cercheremo di accontentarlo.. Per quel che è possibile, naturalmente..>>

Laboratorio di Ricerca, area sud di Banta.

<< Val, poche ore ancora e l'opera di potenziamento del Brazer sarà ultimata.>>

<< Di cosa si tratta esattamente, Professore?>>

<< Alcune delle tue armi avranno maggiore gittata e potenza. Pensiamo ai missili: una forza esplosiva pari a trecento tonnellate di tritolo. Potrai espellerne cinquanta nella spazio di dieci secondi. Pensiamo poi al fascio di luce termica: alla sua massima potenza, raggiungerà i cinquemila gradi di calore.. e poi le lame distruttrici..>>

<< Basta così, Professore, credo di aver capito. Con queste nuove armi, posso tranquillamente sconfiggere anche la "cento occhi", la nave base di Landar.>>

<< Credo proprio di sì, non è uno scherzo. Così come non lo sono le nuove lame distruttrici.

Dovresti entrare nell'Hangar numero dieci, al livello sei: le stanno ultimando proprio in questi minuti.>>

<< Ci faccio un salto e poi vado via. Devo tornare alla fattoria, ora che è tutto calmo e tranquillo.>>

Alla fattoria " Il Giglio" le attività hanno ripreso il loro corso, solo più lentamente del solito. Ci sono due piccole cascine ed un deposito da ricostruire, ma Vitor non è nelle condizioni migliori per lavorare: l'ultimo pestaggio subito dall'esercito del Governo lo ha messo fuori d'uso ed è quindi costretto a svolgere soltanto i lavori meno pesanti, con l'aiuto del figlio, almeno fino al ritorno di Val. Anche Luis e Ponzo sono al lavoro nella loro fattoria. Nei tempi morti si precipitano nell'hangar delle salcicce e patate, dove hanno nascosto il Pozier, per cercare di rimetterlo in sesto, dopo l'ultima disastrosa battaglia al confine. Il Pozier è semidistrutto e Luis e Ponzo hanno faticato non poco, negli ultimi due giorni, a reperire i metalli necessari per le riparazioni. Un vecchio amico sfasciacarrozze, impietosito dalle moine dei due ragazzi, ha regalato loro dei rottami, che hanno prontamente riadattato per assemblare e corazzare di nuovo il loro robot.

Val corre veloce sulle grandi strade della campagna, in direzione sud-ovest, a bordo della sua April AF-125 modificata, detta il "Gatto Selvatico". L'interruttore rosso sul cruscotto si accende e il biiip a intermittenza richiamano subito l'attenzione del ragazzo, che rallenta la sua corsa per poter così accendere il ricevitore e rispondere alla chiamata.

<< Val, mi senti?>>

<< Sì, Professore. Cosa succede? E' già cominciato un nuovo attacco di Landar?>>

<< Accendi la radio. Sintonizzati sull'emittente di Banta. Ascolta quello che stanno trasmettendo..>>

Val accende la radio e si sintonizza sulla frequenza controllata dal Governo dell'area: *(voce proveniente dalla radio)*<< .. Sono il maggiore Tori, comandante della prima divisione Ascar. Questo messaggio,diramato a livello nazionale ,è indirizzato al pilota del robot da combattimento Brazer. Noi, uomini d'onore dell'esercito del Governo, vorremmo incontrarti. Una nostra pattuglia, a partire da oggi pomeriggio alle tre, stazionerà all'ingresso dell'area D, quadrante B-1 del Deserto della Morte, e rimarrà lì per altre 3 ore. Sappiamo, robot dei cieli, che combatti per la nostra salvezza: è venuto però il momento di unire le nostre forze per battere il nemico comune, l'invasore del pianeta Purpureo..>> Val spegne la radio. Ha ascoltato tutto, fermo e concentrato, in un angolo deserto della strada sterrata. Riapre quindi il collegamento con il Professor Cantor:<< Secondo lei è una trappola, messaggi falsi diramati da Landar e da i suoi?>>

<< Abbiamo controllato, il messaggio è autentico. Proviene dal Governo, non c'è dubbio.>>

<< Va bene, ma.. c'è da fidarsi?>>

<< No. Sarà sicuramente una trappola.>>

<< Allora sarà meglio ignorare il messaggio.>>

<< No, è meglio che tu vada all'incontro. In caso contrario, è altamente probabile che se la prendano ancora una volta con gli abitanti delle campagne.. Andrai là per capire le loro vere intenzioni, e sarà anche l'occasione per far capire loro con chi hanno a che fare.. Sai benissimo che le loro armi sono inefficaci contro il Brazer.>>

<< Non se sferrano un attacco in massa..>>

<< Nel Deserto della Morte? Quel posto è pieno di insidie, soprattutto per i grossi mezzi meccanici dell'esercito terrestre. Potrebbero inviare al massimo qualche aereo..>>

<< Ho capito, Professore. Torno immediatamente alla base.>>

Il maggiore Tori è nervoso: è ormai nel quadrante B-1 -nella terra desolata che precede di poche centinaia di metri il Deserto della Morte- da più di quattro ore dall'ora in cui si è stabilita la pattuglia preposta a ricevere il Brazer. Tori comincia a dubitare del suo arrivo, come comincia ad insinuarsi in lui il pensiero che i suoi superiori non apprezzino il suo operato, o peggio che lo stiano manovrando per prendersi il merito di una impresa che appare impossibile. D'altra parte, pensa, gli uomini della sua pattuglia sono stati sostituiti da quelli di un altro battaglione, con un foglio d'ordine con una motivazione poco chiara, firmato da uno dei generali che dipende dal Consiglio dei Dieci.

Il maggiore Tori scruta il cielo. Nota un puntino nero tra le nuvole chiare all'orizzonte. Sembra ingrandirsi e avvicinarsi, poi sparisce di nuovo. Tori prende il binocolo ma il tappeto di nuvole che copre il Deserto della Morte si squarcia e il Brazer appare improvvisamente, sorvolando minaccioso l'area di "accoglienza" preposta dall'esercito. La pattuglia è in allarme, Tori si mantiene fermo nella sua posizione. Il Brazer rallenta il volo e si prepara ad atterrare. Gli uomini dell'esercito non muovono un muscolo. Il robot atterra e, a sua volta, rimane fermo, in posizione eretta. Anche la luce vibrante dei suoi occhi si spegne e i motori cessano di funzionare, lasciando che il rumore del vento del deserto domini su tutta la zona. Tori accende la sua jeep e parte in direzione del Brazer. Val, seduto nella sua cabina di comando, osserva in silenzio la jeep avvicinarsi ai piedi del suo robot. Il militare scende dal mezzo con rapidità, impugnando un congegno radio con cui cerca di mettersi in contatto con il pilota del Brazer. Val ha il controllo della situazione. Ha intercettato subito la frequenza radio interessata, ma prima di aprire il contatto vuole vedere in faccia il suo potenziale interlocutore. Digita un pulsante sul monitor principale di bordo. Lo zoom entra in funzione ed in un attimo il viso del maggiore Tori riempie tutto lo schermo lasciando a Val la possibilità di fare la sua prima valutazione. Pensa:<< Ha una faccia onesta, per essere uno dell'esercito.

Proviamolo..>> Quindi apre il contatto, dicendo:<< Cosa volete?>> Tori, sorpreso ed emozionato, tentenna per qualche secondo. Poi dice:<< Salve a te. Siamo qui per chiederti amicizia, e se vorrai, anche collaborazione. Vogliamo farti sapere che siamo dalla stessa parte e..>>

<< Dalla stessa parte?>> lo interrompe Val-<< Io non sono dalla parte di chi tortura e uccide persone innocenti, soltanto perché non la pensano come il Governo o non fanno parte della vostra "meravigliosa" società..>>

<< Aspetta, non trarre conclusioni affrettate>>-ribatte Tori-<< Io non la penso come il Governo, io sono un ex colone, lo sai?>>

<< Dici davvero? E perché ora ti sei messo con quelli del Governo?>>

<< Ascolta, non è il caso di parlare di argomenti così delicati attraverso una radio. Perché non scendi giù a parlare? Ci sono solo io qui, puoi fidarti.>>

<< Un ex colono, eh? Voglio proprio vederti da vicino. Largo al Jet Calt!>>

Il Jet Calt comincia la sua discesa lenta, fino al suo atterraggio sulla pianura non uniforme del Deserto della Morte. Val scende dal Jet: indossa la sua tuta spaziale da combattimento, il casco ed ha con sé alcune delle sue armi da combattimento per il corpo a corpo. Si avvicina al maggiore Tori con calma, e lo guarda negli occhi , sempre attraverso il casco. Quindi gli dice:<< Così tu saresti un ex colone?>>

Lui gli risponde deciso:<< Sì. E poi sono diventato un militare, un volontario dell'esercito. Guarda le ferite che ho riportato in prima linea, combattendo contro i Grenzeriani. Risalgono a più di tre anni fa…*(si scopre il braccio sinistro)*>>

<< Vedo.. E comprendo. Anch'io le porto addosso*(Val solleva una parte della sua tuta e mostra la schiena al maggiore Tori. Poi la ricopre)* e fanno un male cane.>>

<< Anche tu sei un ex-colone?>>

<< No. Vagavo per le valli, dopo l'ultimo conflitto mondiale, senza una meta. E mi sono trovato, per caso, nel bel mezzo di una guerra tra pianeti. Così ho deciso di partecipare anch'io. Dopotutto, il Governo è stato piuttosto veloce a ricostruire questo modello "esemplare" di società, messo in piedi dopo la guerra nucleare.. ho pensato che sarebbe stato un peccato farlo distruggere dai Grenzeriani. Te lo immagini ricominciare tutto da capo, in un mondo governato da Landar e dai suoi ufficiali dalla testa a punta?>>

<< Ragazzo, sei davvero spiritoso, date le circostanze. Però sono sicuro, perché lo hai dimostrato, che agisci mosso da buoni sentimenti. Io voglio essere dalla tua parte.>>

<< Forse. Ma come faccio a fidarmi di gente che lavora per il Governo? Hanno confinato gli oppositori, escluso chi veniva da zone non "civilizzate" della Terra, e soltanto perché non

facevano parte del progetto originario della nuova società organizzata..>>

<< Devi cercare di capire. I padri fondatori della nuova società, della nuova costituzione, erano mossi soprattutto dal terrore: una società chiusa , in questa rude e selvaggia epoca, era l'unica soluzione per evitare nuovi, letali conflitti. Un'altra guerra e la popolazione terrestre sarebbe scomparsa del tutto. Ricorda che l'ultimo conflitto mondiale ha prodotto miliardi di morti, annullando quasi due terzi della popolazione terrestre. Senza contare la successiva minaccia dei Grenzeriani: avevano a disposizione poche risorse, umane e tecnologiche, per affrontare un nuovo nemico tecnologicamente avanzato, che veniva dallo Spazio. Un nemico sconosciuto, e per la prima volta non più l'uomo contro l'uomo ma l'uomo contro l'alieno.. Non si finisce mai di combattere, purtroppo..>>

<< Non si finisce mai di combattere.. Su questo posso darti ragione: non devi dimenticare che i coloni-vessati dal Governo- non tollereranno ancora per molto questo stato di cose. E non devi dimenticare nemmeno quelle persone che hanno condannato a vagare nelle valli e nel deserto. Anche loro potrebbero unirsi ad una sommossa..>>

<< Già.. Capisci ora la situazione? hanno creato un ordine nuovo che funziona soltanto per le Città e per i Cittadini. E' una società sbagliata, ma la storia ha voluto, purtroppo, che andasse così. Possiamo

provare a cambiare le cose. Cominciamo con stringerci la mano, ti va?>>

<< Certo. Farò anche di più.>> Val si toglie il casco e mostra il suo volto al maggiore Tori. Lo guarda negli occhi, si toglie il guanto destro e si avvicina per dargli la mano. Poi però si ferma. Il rombo di motori delle jeep dell'esercito "spezza" in un attimo l'intesa che si era creata tra i due uomini. Val è adirato. Dice, sprezzante:<< Ma allora era una trappola!>> Tori lo guarda negli occhi e gli dice<< No! Ti assicuro che non è così! Mi hanno usato. Ora fuggi via! Torna sul Brazer!>> Val gli lancia un'ultima occhiata colma di sospetto. Poi infila il casco e corre verso il Jet Calt, ma le jeep dell'esercito circondano il piccolo caccia e poi anche il suo pilota . Il capitano Loziar però, è nelle ultime file, e non riesce ad individuare il giovane pilota del Brazer e pensa che sia riuscito a fuggire. Dice al suo sottoufficiale:<< Maledizione, non riesco a vedere, con tutta questa dannata sabbia grigia del deserto, sollevata dal vento.. Che sia davvero riuscito a sfuggirci?>> Il sergente Dora, al volante della jeep, non è affatto preoccupato. Risponde: << Stia tranquillo, capitano. I nostri uomini hanno già circondato quel piccolo aereoplano. E poi, devo dirle che, poco fa, sono anche riuscito a vedere in faccia quel tizio. E' stato poco prima che terminasse il colloquio con il maggiore Tori: aveva ancora il casco nella mano destra, ed io ho fatto in tempo a vederlo negli occhi un attimo prima che se lo infilasse e scappasse via.. Sono sicuro che è uno di

quei coloni dell'area di Banta. Devo averlo visto al lavoro in uno di quei depositi di carico e scarico merci di White City.>>

<< Ben fatto, sergente. Ora avvisi quelli dell'aviazione. E metta in movimento il "Pantera".>>

<< Subito, signore.>>

Val è accerchiato da un gruppo di soldati. << Va bene, fatevi sotto!>> urla ai nemici. Poi spinge la mano contro il fianco destro: una lieve pressione e dalla sua cintura speciale fuoriesce un bastone laser telescopico, con cui comincia a vibrare colpi potenti contro i suoi avversari, colpendoli al busto, alle braccia e alle gambe . I soldati cadono a terra, e le loro urla di dolore richiamano altri militari delle retrovie, che intervengono armati di pistole. Val preme un pulsante sul bastone: in un attimo si trasforma in una frusta estensibile, con cui colpisce le mani e poi le caviglie dei suoi nemici, che cadono a terra, lasciando così via libera al pilota in fuga. Val raggiunge il Jet Calt. Accende i motori, e vola fino alla testa del Brazer per l'agganciamento. Due aerei Stealth, appena sopraggiunti, lanciano dei missili, ma Val riesce ad evitarli ma non ad agganciarsi al robot. Il fuoco nemico è serrato è non c'è possibilità di avvicinarsi . Decide allora di attivare il Brazer a distanza: gli occhi del robot si illuminano e sprigionano il fascio di luce termica, energia che, con le nuove modifiche apportate dal Professor Cantor, raggiunge i cinquemila gradi di calore. La sua gittata copre i tre chilometri di distanza. I due Stealth vengono quindi colpiti e distrutti, lasciando finalmente campo libero al Jet Calt per l'agganciamento. Il Brazer è pronto per il combattimento. Una chiamata radio, però, ferma sul nascere la sua avanzata. E' il Professor Cantor che cerca il contatto:<< Val, riesci a sentirmi? Ascolta, devi andar via da lì. Landar sta sferrando un attacco in massa contro la città..>>

<< Professore, sono qui per dare una lezione a questi serpenti.. Ma non aveva detto che non ci sarebbero stati problemi, niente mezzi pesanti- e io vedo diversi carro armati e blindati che si avvicinano- nel Deserto della Morte? Era altamente improbabile..>>

<< Bé, anche io posso sbagliare. Comunque non devi temere. E' sufficiente che spieghi le tue ali e che voli via da lì. Ora hai un nemico più importante da affrontare, e noi ti abbiamo dotato di armi più potenti per affrontarli.>>

<< Non prima di avergli dato una sonora lezione. Ma.. cos'è quello?>> Val punta lo sguardo verso un enorme carro armato da battaglia : è il Pantera, che minaccioso, avanza verso il Brazer. La spia della radio di bordo del robot comincia di nuovo a pulsare. << Ora la saluto, Professore. Le prometto che raggiungerò presto White City. Ora mi lasci fare..>> Val apre la nuova comunicazione: è il maggiore Tori che lo chiama, attraverso la radio del Pantera.

<< Ragazzo, io sono dalla tua parte e te lo dimostrerò. Guarda cosa faccio!>>

<< Sei matto da legare, maggiore. Completamente fuori di zucca. Ti auguro di farcela..>>

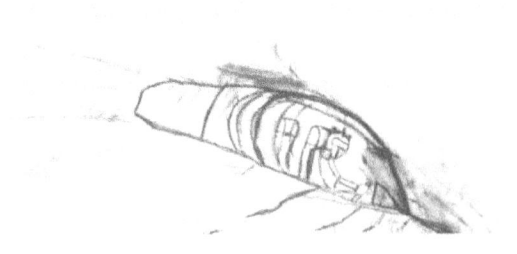

Il Brazer lancia una serie di missili per rallentare l'avanzata degli altri carri militari. Poi vola via, mentre il "Pantera" punta il suo cannone da centocinquanta millimetri contro gli altri blindati dell'esercito:comincia così la battaglia solitaria del maggiore Tori contro il Governo Centrale.

Il Brazer attraversa in volo tutta l'area di Banta. Le campagne sono, stranamente, deserte. Vola veloce verso la città di White City e , una volta raggiunto il confine con la città, rallenta la sua corsa. Val non crede ai suoi occhi: sotto di lui si sta consumando una battaglia all'ultimo sangue tra i coloni e alcuni battaglioni dell'esercito.

<< I coloni stanno combattendo>>-pensa-<< Evidentemente, l'ultimo blitz alle fattorie è stato la goccia che ha fatto traboccare il vaso.. Ci sono diversi disertori, tra le file dell'esercito. Lo vedo anche dalle armi che utilizzano i coloni.. non è roba loro. Come al solito io non ne sapevo niente.. Speriamo che il vecchio Vitor resti fuori da questa faccenda. Lancio qualche missile verso gli avamposti e i minirobot. Così, almeno per un po', lotteranno alla pari. Il problema grosso sarà avere a che fare con l'aviazione:anche se ridotta all'osso, può fare la differenza in situazioni come queste. Comunque, il grosso delle truppe sarà impegnato con Landar e i suoi. Devo andare anch'io, mi aspettano un po' più a nord..>> Il Brazer lancia dal cielo dei missili contro i blindati ed i minirobot dell'esercito. I coloni e gli ex militari sono sorpresi dall'inaspettato "attacco dal cielo", ma non cercano riparo ed al contrario, ancora più determinati, attaccano il nemico con le loro armi artigianali , i fucili laser e le granate forniti dai dissidenti. La battaglia volge presto al meglio per i coloni: il grosso delle truppe è impegnato nella parte nord-est della città, dove è in corso un'altra battaglia, quella con Landar e la sua flotta di navi spaziali della Guardia Reale.

VAL SVANISCE NEL NULLA

L'esercito terrestre è ormai alle strette: la superiorità della Guardia Reale, comandata da Landar, è schiacciante. I minirobot sono stati distrutti dai carri pesanti e dai Gordat, automi della Guardia che combattono al posto dei guerrieri dell'Impero del Pianeta dalla terra Purpurea. Il Brazer- supportato dalla potenza dei motori dell'Ultra Sky Jet- raggiunge in pochi minuti l'area di battaglia. E' a circa cinquecento metri da terra, quando comincia il suo attacco: il fascio di luce termica distrugge in pochi attimi i Gordat e molti dei mezzi pesanti ormai vicini alla "prima linea" dei terrestri. Dal cielo, un gruppo compatto di navi spaziali lancia un fitto ventaglio di missili contro il Brazer. Il robot li schiva facilmente e poi passa subito al contrattacco con i raggi alfa disintegranti. Val riceve una chiamata dal Professore.

<< Val, mi senti?>>

<< Sì. Ora sto disintegrando le navi della Guardia con i raggi alfa..>>

<< Bene. Non te lo avevamo detto, ma c'è un'altra arma che puoi utilizzare. Da oggi potrai scagliare i tuoi pugni a lunga distanza contro il nemico: c'è una piccola levetta sotto il tuo display. Premila al momento opportuno.>>

<< Bene, Professore. Li provo subito.>> Il Brazer scaglia i suoi pugni contro due navi nemiche.

Velocissimi, centrano e distruggono il nemico per poi tornare ad agganciarsi agli avambracci del robot.

<< Sono davvero eccezionali..>> commenta Val. Il Professor Cantor, però, ha ancora qualcosa da aggiungere.

<< Aspetta, non è ancora finita. Se fai scalare ancora la leva, otterrai una potenza ed una velocità maggiore. La forza fotonica aumenta e il pugno diventa rotante. Esso viaggia ad una velocità di cinque match e la sua potenza distruttiva aumenta di tre volte rispetto al pugno base. Utilizzalo contro i nemici più importanti. Non sprecarlo con i pesci piccoli.>>

<< Ricevuto, Professore.. Ma, che diavolo è quello?>> Val punta lo sguardo a terra. Il campo di battaglia è pieno fumo,di rottami e di resti di minirobot e soldati dell'esercito terrestre. Una piccola parte delle truppe del Governo è riuscita a salvarsi, battendo in ritirata, approfittando dell'intervento provvidenziale del Brazer. Tra i carri brucianti e pieni di fumo, si palesa una figura terrificante: è Muzar, il guerriero mostro, in sella al suo cavallo gigante. La sua mano artigliata impugna una enorme lancia. Muzar fissa il suo avversario- che è ancora a cento metri dal suolo-, poi accenna un ghigno, prima di sferrare la sua lancia contro il robot. Il Brazer la blocca al volo e poi la scaglia davanti al cavallo gigante: la sfida è stata accettata. Lentamente, scende a terra utilizzando i razzi propulsori posti sotto i suoi piedi.

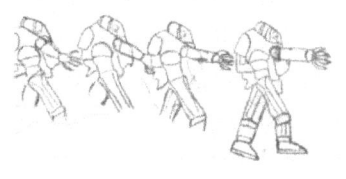

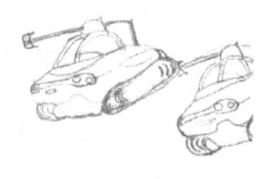

Il difensore della Terra è pronto ad affrontare uno dei più potenti emissari dell'Imperatore del Pianeta Purpureo. Muzar raccoglie la sua lancia e la infilza nel terreno. Poi dice:

<< Finalmente ci incontriamo, Brazer.>>

<< E tu chi diavolo saresti?>>-Val è sorpreso. E' la prima volta che si trova davanti uno dei comandanti dell'Impero.

<<Non mi conosci? Eppure i miei guerrieri ti hanno dato del filo da torcere.. Io sono Muzar!>>

<< Un altro dei tirapiedi dell'Imperatore. Sei venuto perché ti piacciono i duelli, come si faceva una volta? Perché non mandi uno dei tuoi mostri a combattere?>>

<< Ora combatto solo per me stesso. Non prendo più ordini da nessuno. Adesso saremo solo io ed il robot

fantoccio difensore della Terra!Non c'è possibilità di fuga, c'è solo la morte per te !>> Il cavallo gigante comincia la sua corsa verso il robot, Muzar prepara la sua spada d'acciaio. Il Brazer estrae la sua lama distruttrice. Comincia lo scontro. Muzar è molto abile,nonostante stia combattendo in sella ad un cavallo. I colpi delle loro spade risuonano nell'aria rarefatta , scintillando tra il fumo grigio dei rottami delle navi spaziali e dei blindati dell'esercito. Le montagne che circondano la vallata sembrano costituire un ring naturale allo scontro mortale. Muzar affonda i suoi artigli nel busto del Brazer, scalfendolo. Val reagisce immediatamente:<< ti piace il gioco sporco , eh? Ora vedrai!>>-gli occhi del robot emanano una luce accecante: Muzar è obbligato ad allontanarsi. Riesce a malapena a restare in sella, il suo cavallo si è imbizzarrito . Dopo pochi secondi, riesce a riprenderne il controllo. Ora il guerriero dell'Impero è provato, ha il fiato grosso ma la sua capacità di ripresa, eccezionale, gli permette di tornare a fronteggiare immediatamente il nemico. Dice, orgoglioso:<< Maledetto, hai spaventato il mio Ronson.. Nessuno mai era riuscito a farlo. Ora me la pagherai! Che le fiamme dell'inferno ti avvolgano, una volta per tutte!>> La sua bocca di drago, dagli affilati canini, sputa fuoco contro il Brazer: il robot si difende, proteggendosi il busto e la testa con le braccia. Val respira a fatica, nella sua cabina di pilotaggio la temperatura sta crescendo, compromettendo le attrezzature di bordo, e il fumo circostante non gli permette di vedere il nemico, che continua il suo attacco avanzando sempre più rapidamente.

<< Va bene, è arrivato il momento di utilizzare i super pugni.>> Val agisce con estrema decisione: due colpi secchi alla apposita leva di comando del display e i super pugni entrano in azione. Muzar viene trafitto a morte, e la fiamma della rabbia si arresta per sempre. A poche decine di metri di distanza, con i pugni ancora protesi verso un nemico che non c'è più, il robot più grande e più forte costruito dagli esseri umani, rimane fermo ad osservare le ultime colonne di fumo che promanano dal corpo distrutto di Muzar. Val è stanco e prostrato, ha il fiato grosso e a malapena riesce a tenere le mani sulla cloche di comando. Arriva la chiamata dalla base:

<< Val ,sei stato fantastico. Ora puoi rientrare. Anche i ribelli stanno avendo successo, più a sud.. L'esercito si sta leccando le ferite, giù al campo base, dopo la battaglia con la Guardia Reale. Adesso rientra, devi recuperare le forze.>>

<< No, mi dispiace. E' ora di chiuderla per sempre, con questi maledetti!>>

<< Aspetta, cosa vuoi fare?>>

<< Andrò sul Pianeta Purpureo e li distruggerò definitivamente.>>

<< Aspetta, cosa vuoi fare?>>

<< Mi ha capito, Professore. Andrò sul Pianeta Purpureo e li farò a pezzi.>>

<< Ma noi non sappiamo ancora se il metallo con cui è costruito il Brazer è in grado di sopportare..>>

<< Non dica assurdità, Professore. Lei sa benissimo che, inizialmente, il Brazer era stato concepito e adattato per terreni circondati da gas come quelli presenti sul quel pianeta .. Sono stati proprio "loro" a commissionarvi la creazione di questo robot..>>

<< Sì, è vero. Ma non è ancora arrivato il momento di..>>

<< Ora basta. Chiudo la comunicazione. Addio.>>

<< Aspetta, Val..>> Click.*(Val chiude la comunicazione)*

Il Brazer è ormai prossimo al Pianeta Purpureo. L'astronave base di Landar ha intercettato il robot : la "cento occhi" espelle le navi da combattimento, ma queste vengono distrutte dai raggi alfa da combattimento e dai supermissili lanciati dal Brazer. Landar, in piedi nel centro della sala di comando della nave base, è nervoso. Chiude gli occhi per un istante, poi li riapre ed ordina al pilota:<< Avanti, a tutta forza contro il Brazer!>>

<< Ma, comandante, rischiamo di esplodere così!>>- risponde il pilota-

<< La nostra nave è otto volte più grande e resistente del Brazer. Forse subiremo dei danni importanti, ma almeno distruggeremo una volta per tutte quel dannato robot!>>

<< Lei lo sa che non è vero, comandante!>>

<< Osi forse discutere i miei ordini? Avanti, motori a tutta forza!>>

Anche il Brazer punta contro la nave base.

<< Lame distruttrici!>>- Val utilizza le nuove lame distruttrici- due volte più grandi e potenti dei modelli originari- e le scaglia contro la nave base. La carena più grande si squarcia, la nave comincia a perdere quota. Gli occhi del Brazer seguono la sua discesa. Poi, si illuminano improvvisamente: il fascio di luce termica investe la nave, facendola esplodere in pochi attimi.<< E anche questa è fatta..>>-pensa Val-<< Ora tocca all'Imperatore.>>

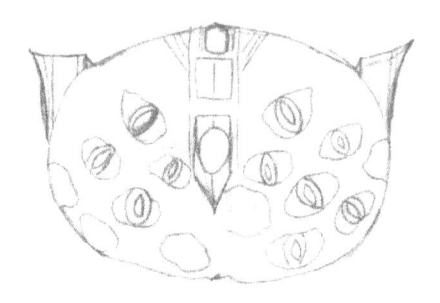

Il Brazer raggiunge la Valle della Terra Purpurea, regno dell'Imperatore, oscuro possedimento all'estremo nord del pianeta Grenzer.

<< Anche tu, Landar, sei finito nella Terra dei Giganti.. Anche tu, ultimo grande soldato dell'Impero!>> L'Imperatore getta il sacro talismano nel "grande fuoco", allestito ai piedi del cratere che ospita la sua residenza, il Castello Nero. Grazie ai suoi poteri, riesce a percepire la presenza del Brazer, anche se il grande robot è ancora lontano . L'imperatore si volta verso sud e osserva impassibile il cielo, mentre il "grande fuoco" che arde dietro di lui, diminuisce rapidamente di intensità.

<< Dunque, sei giunto al mio cospetto..>>

<< Sì, sono venuto qui per affrontarti, Imperatore Argar.>>

<< Vorresti forse uccidere tuo padre, Korian?>>

<< Tu non sei più mio padre. E io non mi chiamo più Korian. Da tempo, il mio nome è Val. Il mio è un nome da Terrestre: è il mio personale omaggio al pianeta che mi ha adottato. Io ti ho rinnegato tanti anni fa. Ed anche mia madre lo ha fatto: sei un essere crudele che ha soggiogato e dominato gran parte delle terre abitate del pianeta Grenzer. Ed ora ci stai provando anche con la Terra..>>

<< Tua madre era una Terrestre. Ora anche tu sembri esserlo diventato..>> L'Imperatore cambia aspetto: da essere dalle sembianze luciferine a quelle di un umano dai tratti del viso lineari, quasi angelici, che parla con voce pacata.

<< Tua madre mi voleva bene. Abbiamo vissuto parecchi anni in pace, nel nostro regno, in armonia con il resto del pianeta..>>

<< Non è vero. Sei riuscito ad ingannare tutti: il tuo popolo, i tuoi sostenitori, e persino la tua sposa. Sei venuto sulla Terra, tanti anni fa, come un pacifico visitatore. Hai ammaliato tutti, con i tuoi modi gentili e le sembianze da essere umano fascinoso. Mia madre è stata ingenua, ha creduto in te, e nelle doti di un sovrano giusto e innocuo per la sua gente, e anche per le sorti degli abitanti degli altri pianeti. Ma poi lei ha capito la tua reale personalità, e, una volta scoperto come governavi il pianeta Grenzer, ti ha lasciato ed è tornata a vivere sulla Terra, nonostante vi fosse in atto una guerra mondiale nucleare..>>

<<.. E tu eri un adolescente, ed hai voluto seguirla. Lei è morta durante un bombardamento, e tu, dopo la guerra, hai preferito vagare per le valli deserte, commettendo furti di cibo ai danni degli edificatori delle nuove "città". Potevi rimanere qui ed ereditare un regno.. Ma io voglio darti un'altra possibilità.. Non commettere gli stessi errori di tua madre, non insistere nel rifiuto di quella che è la tua reale patria. Potremo ricominciare da capo: sarai tu a decidere la politica di questo regno, una volta che avremo conquistato la Terra..>>

<< Puoi scordartelo. Non c'è spazio per i Grenzeriani, sulla Terra. Dovete cercarvi un altro posto. E poi, perché ti preoccupi tanto del tuo popolo? Non sei tu quello che ha fatto massacrare le famiglie dei dissidenti e degli oppositori del regno? Non sei tu quello che ha confiscato tutte le terre dei tuoi vassalli? Ne sanno qualcosa gli abitanti delle regioni di Tedit, di Yarn e di Lunz e potrei continuare ancora con le citazioni..>>

<< Ragazzo mio, non capirai mai quanto sia difficile governare e tenere a bada un popolo intero, un popolo non mite di un pianeta sovraffollato. Ti preoccupi tanto del pianeta Terra, ma lì la situazione è tanto diversa da questa?>>

<< Non preoccuparti, le cose stanno cambiando, proprio in queste ore.>>

<< Ah, ho sentito, parli di quella rivoluzione in atto.. Poi, però, cosa succederà? Presto o tardi un altro gruppo di tiranni comincerà di nuovo a soggiogarvi,

mentre un vero Re ha tutte le carte in regola per.. Ma è inutile, sembra proprio che tu non voglia comprendere..>> L'imperatore torna alle sembianze originali, quelle di un demone colmo di ira: i denti serrati trattengono a stento il fumo grigio che pervade tutto il suo corpo, gli occhi lunghi e stretti si illuminano di una inquietante luce rossa.

<< Guarda,>> - dice l'Imperatore all'impassibile "ragazzo" terrestre-<< Con un semplice movimento della mano, posso scatenare un cataclisma, proprio dove sei tu ora..>> Argar provoca un breve e intenso "sconvolgimento" sismico: il Brazer vacilla, ma l'Ultra Sky Jet si attiva e in un attimo permette al robot di librarsi in aria, per poi riatterrare nello stesso punto, una volta terminata la breve scossa sismica. Val , sempre più sicuro di sé, commenta:<< Non funziona, Imperatore. Ora però vedrai come si combatte davvero: raggi alfa disintegranti!>> il robot protende i pugni , lanciando la sua arma. Argar espande la sua bocca e assorbe l'attacco, lasciando che l'energia si raccolga e dissolva al suo interno. Poi lancia le lingue di fuoco, strisce mortali scagliate dalle sue braccia, che avvolgono e stringono il nemico in una morsa assassina. Il Brazer si protegge, parandosi con una enorme roccia , che comincia presto a dissolversi, generando dei frammenti che investono il nemico. Il robot ne approfitta per contrattaccare: avanza a tutta velocità, trascinando quel che resta della roccia contro l'Imperatore, cercando di schiacciarlo contro il Castello Nero. Ma Argar è abilissimo e riesce a

schivare l'attacco e farsi da parte. Il Brazer si scontra contro il Castello, distruggendo parte delle mura. Il robot si guarda intorno. Il colore nero del cielo diventa rosso, l'atmosfera sembra caricarsi di odio. Il corpo di Argar aumenta di spessore e consistenza: colmo di ira, sferra il suo attacco con le lingue di fuoco. Il Brazer schiva l'attacco. Si libra in volo, poi Val lancia la sua ultima sfida:<< Stai diventando troppo prevedibile, Imperatore. E questo gioco comincia ad annoiarmi. Vediamo quanto sei forte al di là del tuo territorio..>> quindi vola via , spingendosi oltre la Valle della Terra Purpurea. L'Imperatore lo segue, desideroso di concludere il combattimento. Il Brazer si ferma in volo. Val, sicuro di sé, urla:<< E adesso vediamo se riesci a sfruttare i tuoi poteri anche qui!>> Gli occhi di Argar si illuminano ancora di una inquietante luce rossa. La sua bocca comincia ad emettere lava incandescente, poi un getto di fuoco contro il Brazer. Il robot vola più in alto, sfruttando la forza dei reattori dell'Ultra Jet,evitando l'attacco. Emette il fascio di luce termica. La scia del raggio colpisce il terreno. Argar ha gli occhi colmi di terrore. Urla, fissando il cielo:<< Noooo, le mine! Le mine del confine! AAArgh!>> L'esplosione è immane: le mine nascoste nella terra distruggono tutta l'area, compresa la Valle della Terra Purpurea. Dalla Terra, il Professor Cantor osserva il Pianeta Grenzer con il suo potente cannocchiale. Non vede niente di insolito. Prova a mettersi in contatto con il Brazer per l'ennesima volta, ma senza ottenere alcuna risposta. Uno degli assistenti, Atta, chiede con insistenza:<< Professore, ancora niente?>>

<< Purtroppo no, Atta.>>

Improvvisamente, la spia rossa della radio si accende sul display del Professore.

<< La spia è accesa, Atta. Questo vuol dire che la radio di bordo del Brazer funziona. E' probabile che Val sia vivo, che sia lassù da qualche parte.. Ma perché non rispondi, Val? Val, Val, dove sei?>>

FINE

POESIE

LONTANO

Lontano da te
Gli occhi che fissano il cielo
E la solita strada
E la paura del silenzio

Guardare avanti
E perdere il passato
Togliere i colori all'arcobaleno
Giorno dopo giorno
Di nuovo lontano, lontano da te
Non dimenticherò
Quelle parole d'amore
Che vibrano ancora nella mente
I pensieri le inseguono
Ed il cuore le risveglia
Catturandole di nuovo
In un sogno lontano
Lontano da te
Pensando a quei giorni
Quando mi guardavi

Come fossi un bambino deluso
Chiuso nella timidezza
Stesi tra i campi di grano
E la luce dell'alba
Ancora, ancora
Il pensiero segue il ricordo
Dei giorni dell'arcobaleno
Lontano, lontano da te

Un fiore

Non riesco a vedere il cielo,
la notte intera
Ma so che una stella è caduta
Quando il mio sogno è svanito
nel silenzio

La stella è caduta
Su una terra spoglia e arida
Lontana dal giorno
Eppure lì è nato un fiore
Che mi ricorda
Che il mio cuore
Sospira ancora per te

LA VALLE

Viaggiando

Sospeso come una nuvola

Trasportata dal vento

Osservo il fiume che scorre silenzioso

E nel silenzio

Giungo laggiù, nella valle

E osservo quella scia scintillante

Fiori di primavera

Che riempiono l'anima

Di mille colori

IN FONDO AI TUOI OCCHI

Mi   sembra di vedere,
in fondo a quegli occhi
un bosco ricco di favole
Mi illudo di essere lì
Tra gli alberi
all'ombra del silo
o in un angolo di terra dai mille colori
perduto in un mondo lontano,
accarezzato da un sogno,
da qualche parte in fondo a quegli occhi

SOTTO LA LUCE DELLA LUNA

Sotto la luce della luna
Splendevano i tuoi desideri
La luce che scende nei tuoi occhi
È come brezza leggera
Che ti porta verso luoghi lontani,diversi
Finalmente sei andata via
Hai seguito quella luce
Luce di luna
Luce leggera
Luce di nuova vita

FINO A CHE IL SOGNO RESTERA'

Vederti,
un desiderio che inutilmente provo a dimenticare
un sogno che vivrà, resterà
mentre il ricordo della tua voce
vibra ancora dentro di me come musica celeste
sussurrata lentamente
dovunque io vada
fino a che il sogno resterà..

SILENZIOSA

Le labbra cadono
Leggere come piccole gocce assorbite dalla terra
E quel silenzio, che ti fa così lontana
Ricorda un cielo senza stelle
La carezza del dolore
Sfiora i miei occhi
Custodi del tuo silenzio
E di magici pensieri mai svelati

L'ULTIMO ADDIO

Poche parole d'addio
Su di un sogno appena cominciato
Pensando a quel volto
Che è il solo ricordo di te
Lasciando che il tempo passi veloce
Su piccoli attimi, adesso lontani
Che illudono e incantano ancora
Prima di svanire per sempre

IL RICORDO

Non riesco a ricordare

Il colore dei suoi occhi

Né quello della luna

Ma c'è ancora l'odore del mare

E la luce di quella stella

Che mi chiama

E mi spinge a sognare

E tornare a vedere

Gli occhi di quella ragazza

In quella notte così lontana

In quella notte così vicina

Che non riesco più a dimenticare..

DALLE PORTE DEL TUO CUORE

Dalle porte del tuo cuore

Nasce un fiore bianco

I suoi petali fragili

Volano scintillando,

verso di me

Colmando la mia anima di infinito piacere

Quello che hai di me

Chiuderai i tuoi occhi
E ascolterai
Quelle parole d'amore
E quelle dolcissime note
Cantate per te
Sospirate tra piccole carezze
Sotto la luce della luna
Non dimenticare
Non giocare con gli addii
No
Non dimenticare
Quello che hai ancora di me

LA STANZA VICINO AL PORTO

La luna

Illumina il mare

E le stelle sono lì intorno ad osservare

Piano, ti fai strada

Fino alla stanza vicino al porto

C'è silenzio intorno, la città è vuota

Ma la luce della luna

Colma la tua anima

Lontano, le barche sono in mare aperto

Il porto è ormai deserto

Eppure non sarà una sera triste,

in quella stanza piena di luna

UN REGNO NON LONTANO

Vorrei fermare il tempo
E far sparire la tristezza dai tuoi occhi
Rubando tutte le lacrime
Prima che scendano nel cuore
Eri una regina di un regno
Di un regno non lontano
Di una favola appena cominciata
Che viveva
In un castello dove non scendeva mai la nebbia
Ma un giorno lo hai lasciato
Sei andata via , senza voltarti
Ed è stato un addio
Un addio senza parole
Anche se so che
Un giorno tornerai nel tuo regno
Portando con te
Un solo soldato
A guardia del tuo castello
Vicino al tuo cuore
E senza più lacrime da dover rubare

HAIKU

Guardo i tuoi occhi

Le sopracciglia di seta

Anche le stelle si separano, si fermano ad osservare

I fiori veri di una notte d'estate

Finito di stampare nel mese di Novembre 2015
per conto di Youcanprint *Self-Publishing*